Collection

EDLC LIGNES D'HORIZON

ROMAN

LE GRAND NADA

Philippe Pourxet

LE GRAND NADA

Couverture : Lise del Barco

ISBN : 978-2-491046-47-7
Dépôt légal : 3e trimestre 2021

26 rue de la Coste – 15000 Aurillac
editionschataigneraie@gmail.com
www.editions-chataigneraie.com

PREMIÈRE PARTIE

CHAPITRE Ier

Paris, 1924

Accoudés au comptoir d'une grande brasserie parisienne, des hommes vidaient des verres. Enveloppés de fumée, ils parlaient haut et fort, comme si chacune de leurs paroles devait à jamais rester. Ceux-là ne dépassaient pas la trentaine d'années.

En cette fin de l'année 1924, ce n'était pas la victoire qu'ils fêtaient. La victoire ? Quel mot absurde ! Et puis, quelle victoire ? Celle d'un camp contre un autre ? L'anéantissement de plusieurs millions de vies ?

Cette guerre avait emporté tant de braves gars, arrachés trop tôt à un quotidien qui leur suffisait, que ce mot devenait obscène. Ils ne le supportaient plus. Non, cette victoire, ils la laissaient à ceux qui continuaient de défiler en uniformes impeccables, la poitrine luisante de médailles et le masque fier de toute une nation. Cette image-là ne ressemblait en rien à ce qu'ils avaient enduré durant ces quatre maudites années : la faim, la soif et, surtout, la peur ; une peur effroyable qui les poursuivait jusque dans leur sommeil.

De ces jeunes gens turbulents, s'en distinguait un en particulier, non pas qu'il fût plus grand ou plus fort que les autres, mais parce que toute l'attention se portait sur lui. De ses traits, aussi tranchants que la baïonnette si souvent posée au fusil quelque temps plus tôt, s'échappait un sourire féroce. Ses yeux noirs et malicieux distillaient cette force qui caractérise si bien les hommes de parole et de verbe facile. Chacun de ses mots s'accompagnait de gestes larges et élégants de la main. Le raffinement était du côté de celui-ci.

De taille respectable, son corps bien proportionné dégageait une impression de charisme et de majesté. Ses cheveux soignés empruntaient le noir à l'âme la plus sombre. Il était beau, mais plus encore, séduisant.

— Vidons ce verre à la santé de tous ces braves gars qui se traînent lamentablement dans nos rues, démembrés telles des limaces et à la tête tellement déchiquetée qu'on ne sait s'ils ont été seulement autrefois des hommes, déclara Hubert d'Arzacq, le verre porté bien haut au-dessus de sa tête.

— Et aussi à nos morts restés là-bas dans la bouillasse de Verdun ou de la Marne, enchaîna un de ses compagnons.

— Ceux-là n'ont plus rien à craindre. Ils connaissent enfin le repos et la paix. Quant à leurs corps, ils engraissent désormais la *bonne terre de France,* si chère à nos dirigeants.

— Jeune homme, vos paroles sont abjectes et indignes !

— La guerre est-elle digne ? répondit Hubert à cette altercation venue du fond de la salle. Et qui êtes-vous pour me parler de dignité ? À voir votre bedaine et votre âge, vous n'avez pas dû être de grand nombre de combats.

— Jeune homme, sachez que j'ai participé activement à l'effort de guerre.

— La belle affaire !

— Il en fallait bien, des gens comme moi, pour produire les armes qui ont servi à repousser les Boches.

— Vous n'êtes qu'un gros lard qui s'est enrichi sur les monceaux de cadavres laissés par votre précieuse production, vous n'avez rien à ajouter.

Le silence s'imposa à la salle tout entière. L'homme apostrophé, le rouge au visage, s'avançait, menaçant, vers le petit groupe.

— Jeune homme, retirez tout de suite vos paroles, sinon…

— Sinon quoi ? Non seulement je ne retire pas, mais j'ajoute que vous n'êtes qu'un lâche et un planqué.

À ces mots, le gros homme brisa le cercle d'amis au centre duquel se tenait le jeune coq. Il tenta de lui porter un coup de poing au visage. À peine avait-il armé son bras que la main d'Hubert claqua la face du bourgeois. Il voulut répliquer, mais les compagnons de l'aristocrate l'en empêchèrent. Avec ménagement, ils le repoussèrent hors du cercle.

— Soyez heureux, ce n'étaient que cinq doigts à peine portés. Si cela avait été une balle de *Mauser*, c'est la moitié du visage que vous auriez eu emportée.

— Vous entendrez parler de moi, soyez-en certain ! lança le gros homme en quittant la brasserie.

— Mon nom est d'Arzacq, Hubert d'Arzacq, baron pour les fâcheux.

Dans un silence ahuri, la porte claqua derrière lui et il disparut dans la rue.

Il fallut un certain temps pour que les conversations reprennent, pour que le quotidien s'installe de nouveau.

— Tu n'aurais pas dû, Hubert, osa intervenir François, un de ses compagnons. Je connais cet homme, il a des relations et puis il a perdu ses deux fils à Verdun.

Tous se sentirent gênés à cette révélation.

Oui, Hubert était souvent drôle et animait sans nul autre pareil les meilleures soirées, mais il ne connaissait pas ses limites. Du moins, tâchait-il de les ignorer. Il n'était pas rare que les coups volent contre un jaloux, un cocu ou, comme ce soir-là, contre une personne offensée par des mots blessants.

— Bah ! reprit-il sans s'émouvoir, si ça se trouve, ses fils ont été tués par ses propres obus dont il est si fier. Nos artilleurs étaient tellement maladroits qu'ils ont enterré des tranchées entières de leur propre camp.

— Holà, Hubert, s'offusqua Jacques, n'oublie pas que j'étais dans l'artillerie !

— Toi, ce n'est pas pareil, tu étais tellement saoul toute la journée, qu'en visant Berlin, aucun de tes obus n'atteignait aucune tranchée, amie ou ennemie.

— Tu exagères, Hubert…

— Si peu…

Tous se mirent à rire. Le talent d'Hubert résidait aussi dans cette capacité de retourner les situations. Avec ces rires s'envolaient le souvenir de l'altercation avec le bourgeois et la dureté de ses paroles.

— Vidons vite ce verre afin que nous puissions à nouveau le remplir.

— Au bourgeois et à ses fils ! lança François.

— Tu as raison, nous pouvons bien leur sacrifier une de nos tournées. D'ailleurs, celle-ci est pour moi.

Tous reprirent : *Au bourgeois et à ses fils…*

Les verres se vidèrent sans à-coup, d'une seule traite, si bien qu'on eût dit un exercice militaire.

Dans ce groupe, ce rituel demeurait le seul signe apparent d'ordre, même si, en avançant dans la nuit, chacun reprenait son rythme. Les allers-retours plus ou moins fréquents au caniveau dénonçaient une certaine inégalité de ces garçons face à l'alcool. S'il en manquait un à l'appel au bout de l'exercice, c'est qu'il était ivre mort. On le retrouvait alors accroché à un lampadaire, en train de se vider les tripes, ou emporté sur un trottoir instable, en proie à une tempête intérieure. Les survivants alors se traînaient de cabaret en cabaret, de claque en claque où se reformait tant bien que mal la troupe.

La plupart de ces garçons étaient artistes ou, du moins, se définissaient-ils ainsi. Certains peignaient, mais de telle façon qu'ils ne vendaient aucune de leurs toiles. Ils s'inscrivaient dans ce mouvement en rupture avec tout académisme, remettant en cause toute forme d'école ou de règles préétablies. Le réalisme n'avait aucun sens pour eux. Des couleurs violentes, la dislocation des formes convenues s'adressaient plus aux sens premiers qu'à l'entendement ou à la réflexion. Frapper, émouvoir, scandaliser, créer un chaos générateur d'émotions, leur *credo* résidait bien là. Au fond, leur peinture ressemblait à leur vie : écorchée, pleine d'incertitude, s'inscrivant dans l'instant présent. Aucun calcul ne pouvait intervenir, aucun compromis.

Hubert, lui, ne peignait pas. Il écrivait, du moins, quand il en avait le temps ou l'inspiration. On lui reconnaissait du talent, mais cette réticence à se mettre au travail en faisait un candidat peu sûr pour les éditeurs. Une de ses pièces avait connu le succès. Il l'avait créée pour une comédienne à la mode, mais une fois l'idylle consumée, il les avait abandonnés, elle et le théâtre. Il était aussi l'auteur d'un roman écrit à l'encre d'une passion, elle aussi passagère, sans lendemain. Instable, capricieux, jamais satisfait, parfois même violent, ses élans rendaient toute action condamnée à s'achever brutalement.

Pour Hubert, il n'existait que deux moments admirables dans une liaison : l'approche, la séduction, les premiers instants, et la rupture. Eux seuls étaient susceptibles d'apporter des sensations fortes et une extase digne d'intérêt. Entre ces deux actions, ne demeurait qu'une routine stérile, ennuyeuse et servile, un *no man's land* déserté de toute surprise.

— Hubert, reluque un peu la poule qui arrive, venait de lancer Vincent, le regard vissé sur l'entrée. Est-elle réelle, ou bien est-ce une fée échappée de mon verre d'absinthe ?

— Et c'est pas de la faubourienne, ça, monsieur, c'est bien de la dame ! éclata de rire François.

Le regard voilé de nonchalance, Hubert se retourna sur cette apparition. La moue qui déformait son visage se défit lentement, laissant place à un sourire d'admiration.

La jeune femme se tenait non loin de la porte, comme si elle hésitait à s'avancer un peu plus dans cette atmosphère de fumée et de bruit. De l'inquiétude se mêlait au noir de ses grands yeux qui balayaient la salle. D'un large chapeau s'échappaient de longs cheveux bruns retombant en cascade sur une silhouette élancée. Une robe élégante en soulignait les formes sans défaut. Sa seule présence rendait le décor inutile et désert.

— Elle est belle… murmura Hubert malgré lui.

— J'en ai connu de plus moches, c'est sûr, rajouta, ravi, François.

— Tais-toi !

— Bon, qu'est-ce qui se passe ? coupa Fernand. Une fille entre et c'est fini, plus personne ne parle, ou ne trinque ? J'ai croisé des Teutons plus drôles que vous, croyez-moi.

— Tu la connais, Hubert ?

— Non… Enfin oui. C'est Aurélia Monteverde, la danseuse étoile de l'Opéra. Elle est magnifique. Je l'ai vue une fois sur scène. Elle ne danse pas, elle vole… C'est un ange, mais ce soir elle est…

— Elle est bonne à *choper*, coupa Fernand, l'œil aussi brillant qu'une lanterne de fiacre.

— Tu m'ennuies, Fernand, et ta vulgarité n'arrange rien à la chose.

— De toute manière, messieurs, intervint François, remballez vos espérances, la dame n'est plus seule.

En se retournant à nouveau vers l'entrée de la brasserie, les deux amis constatèrent que François disait vrai. Un homme blond, de taille respectable, au frac impeccable, dépassant à peine la trentaine d'années, présentait sans détour ses hommages à la belle. Il est des sourires qui creusent des sillons dans les cœurs des hommes, et celui d'Aurélia Monteverde n'épargna pas celui d'Hubert. Son visage se ferma et si, à ce moment-là, un observateur avisé avait pu se plonger dans son regard, c'est bien de la haine qu'il y aurait trouvée.

— Bien, puisque la chasse est fermée, reprenons notre lamentable activité. Georges, remets-nous ça.

Sans sourciller, le barman répondit à l'appel de François et remplit les verres vides restés sur le zinc du comptoir. Tous se retournèrent avec enthousiasme vers cette nouvelle promesse d'ivresse. Seul Hubert demeurait figé, capturé par l'homme et la femme à présent attablés. Ils se tenaient face à face. Son attention tout entière tendait vers cet homme au bonheur insolent.

— À la tienne, Hubert ! lança François en lui présentant un verre de cognac.

Hubert ne répondit pas et se dirigea sans détour vers ce couple qui le fascinait tant.

— Aïe ! s'exclama Fernand, vidons vite nos verres ! Je crains que ce ne soient les derniers que nous buvions dans cet établissement.

Le reste de la bande, en voyant Hubert s'éloigner, comprit vite que la soirée allait prendre une autre tournure.

— Et voilà, ce garçon a vraiment un problème. À croire que la guerre ne l'a pas guéri de cette violence qui traîne toujours en lui.

— Un fils de riche, se contenta de répondre François.

— C'est tout de même incroyable qu'on ne puisse pas passer une soirée sans qu'elle ne se finisse en bagarre.

— Bah, c'est quand même un brave gars.

— Oui, mais fatigant…

Le jeune couple discutait à voix basse, comme s'il ne voulait pas briser la bulle qui semblait l'envelopper. Que de bonheur compris dans ces sourires et ces regards échangés : simples, impudiques.

Hubert se tenait tout proche de la table, la mâchoire si serrée qu'aucun son ne pouvait s'en échapper. Il se tenait là, immobile.

Au comptoir, chacun retenait son souffle. Le jeune homme blond, après un instant, distrait par cette présence, leva son regard.

— Hubert !

Sa surprise se teintait d'un sourire qui se voulait amical. Devant le manque de réaction du nouveau venu, il reprit :

— Que fais-tu ici ?

Enfin les mots trouvèrent leur issue :

— Rien de très important, je bois un verre avec mes amis.

— Tes amis…

— Oui, mes amis. Je sais, ils sont différents des tiens.

— C'est vrai.

La jeune femme observait l'échange sans un mot. De toute évidence, ces deux-là se connaissaient bien, mais ne s'appréciaient guère. Que voulait cet homme et pourquoi intervenait-il dans un moment si charmant ? Percevant la gêne de son amie, l'homme, toujours assis, lui sourit :

— Permets-moi de te présenter Aurélia Monteverde, elle est…

— Je connais mademoiselle Monteverde. J'ai eu le bonheur de vous admirer danser à l'Opéra ; un véritable enchantement.

— Merci, monsieur, vous êtes très aimable.

— Je ne crois pas, non ! Et de vous voir à cet instant me semble plus admirable encore.

— Hubert a toujours eu le goût pour les grandes phrases, c'est un littéraire, coupa le jeune homme avec une pointe d'ironie.

— Et toi, un scientifique.

— Pas seulement, Hubert, pas seulement.

— Dis-moi, Charles, comment un type aussi ennuyeux se trouve-t-il en aussi exceptionnelle compagnie ?

— Comment, tu ne sais pas ? Aurélia et moi sommes fiancés.

Le visage d'Hubert se durcit.

— Non, je n'étais pas au courant, et non plus invité à cet événement, me semble-t-il.

— C'était une belle fête et non une beuverie. Figure-toi qu'il n'y a eu ni bagarre, ni scandale.

— Amusant !

— Oui, ça l'était aussi.

— Chère Aurélia, sachez que j'ai été ravi de vous rencontrer et je sais à présent que nous nous reverrons.

Hubert planta son regard dans celui de la jeune femme et rajouta avec un large sourire :

— À bientôt donc.

De la perplexité se lisait sur le visage des trois garçons demeurés au comptoir. Aucun éclat de voix, aucun scandale, rien ; juste, semblait-il, une anodine conversation. En voyant Hubert revenir vers eux, ils se demandaient bien ce qui venait de se passer ;

ou plutôt, pourquoi rien ne s'était passé. Au fond, ils s'en trouvaient soulagés. La révolte et le chaos ont cette particularité qu'on ne peut jamais terminer son verre tranquillement. Cette fois-ci, ils le videraient et sûrement en commanderaient-ils d'autres.

— Bien, allons-y, coupa Hubert.

L'ordre était sans appel. Sans un regard pour personne, le jeune homme déposa quelques billets sur le comptoir – bien plus qu'il n'en fallait pour régler l'addition – et se dirigea en silence vers la sortie. Les autres le suivirent. La soirée commençait à peine et ce n'étaient pas les établissements qui manquaient. Hubert passa devant le couple, indifférent.

— Qui est cet étrange personnage ? demanda Aurélia.

— Mon frère, se contenta de répondre Charles.

Une fois sur le boulevard des Capucines, se posait le problème de savoir où aller. Ils se trouvaient tout proches de l'Opéra, sur la rive droite. Hubert eut une moue de dégoût. Les gens allaient et venaient, éclaboussant de leurs rires le trottoir. Rien n'avait changé. La guerre ne demeurait qu'une parenthèse sanglante, refermée à jamais. Il se sentait étranger, rapporté à ce décor. Une grande partie de lui-même restait dans la boue de Verdun. Ses oreilles se mirent à siffler. Il dut fermer les yeux. Tout son corps se raidit.

L'heure de la sortie de la tranchée approche. Sa main se crispe sur la crosse de son revolver. Le trop jeune lieutenant jette un regard effarouché sur tous ces hommes alignés. Dans leurs yeux, une supplique muette. Que peuvent rapporter ces quelques mètres parcourus dans l'enfer ? Pas même l'honneur d'atteindre la tranchée adverse. Par pitié, renoncez à jeter votre souffle dans ce sifflet qui déchaînera l'horreur absolue. En face, les mitrailleuses attendent elles aussi le signal de mort. Elles sont prêtes à déverser leurs nuées de plombs bouillants, et celles-là ne ressemblent en rien aux abeilles du poète. Pas de paisible endormissement, mais des chairs déchiquetées, des membres arrachés dans la douleur atroce de mille morsures.

Les journaux de l'arrière parlaient d'héroïsme, de patriotisme. Des mots aisés et aussi creux que les idées qu'ils transportaient. Un visage arraché, de la cervelle dispersée, voilà une réalité qui ne s'écrit pas. La soupe et le gigot du dimanche en prendraient un goût aigre.

Quelle folie collective entraîne une communauté à sacrifier ses enfants sur l'autel barbare de la Nation ? Le sacrifice de Baal… Oui, c'était bien à ce monstre insatiable que les dirigeants de cette vieille Europe, pour sauvegarder leur tranquillité, sacrifiaient leur progéniture et rallumaient le brasier. Carthage n'était pas loin et les hommes ne demeurent que des hommes. Aux survivants, on distribuait des médailles et on organisait des loteries. La belle affaire ! Ceux qui n'étaient pas présentables, on les rassemblait dans des hospices, bien loin des regards des bourgeois et des enfants. Ils incarnaient la réalité cruelle et sans détour. Leurs silhouettes macabres s'harmonisaient mal avec la victoire, cette jeune vierge portant bien haut l'étendard dans lequel se vautraient sans vergogne de vieux généraux promus en grande pompe maréchaux. Les héros, c'étaient eux, l'uniforme impeccable, le regard fier et la conscience intacte d'avoir accompli l'ultime devoir. Foutaises et mensonges !

Hubert demeurait planté au milieu de cette foule qu'il méprisait tant. Une main se posa sur son épaule et le sortit de ses pensées.

— Hubert, eh, Hubert, ça ne va pas ?

Le vacarme et les lumières de la ville envahirent à nouveau son être.

— Et si on allait à *Montpar*, l'air y serait plus respirable, venait de dire François.

— Si vous voulez, répondit le jeune homme, toujours embrumé par ses pensées.

La petite troupe était déjà en marche quand Hubert jeta un dernier coup d'œil à travers la grande vitre de la brasserie. Son attention se porta sur ce couple, Charles et Aurélia, et son cœur à nouveau se serra.

— Bon, tu arrives ? cria à bonne distance Fernand. Le taxi nous attend !

— Je viens.

Avec difficulté, Hubert décolla son regard de son frère et de la jeune femme. Ce regard se mêlait de fièvre et de colère.

CHAPITRE II

Montparnasse demeurait pour tous ces garçons le seul endroit de la capitale qui leur ressemblait. Ces jeunes gens se sentaient à l'aise dans ce quartier où venaient s'échouer des intellectuels et des artistes d'horizons différents. Ce mélange donnait une couleur particulière à ces cabarets, à ces cafés, où les idées les plus neuves s'échangeaient autour de verres trop vite vidés. Montparnasse était vivante, animée de cette jeunesse turbulente et révoltée, et Montmartre, sa rivale de la rive droite, demeurait un village musée, déserté de sa sève vitale. À peine, à leurs yeux, servait-elle à finir la soirée dans un de ses bars borgnes, à s'échouer entre les cuisses d'une fille peu farouche.

À l'arrière du taxi, Hubert ne manifesta aucune joie à se retrouver dans ces rues. Il ne disait mot, absorbé par le visage d'Aurélia. Ses pensées ne le rendaient pas heureux. Elles se teintaient d'aigreur, d'amertume. Il ne pouvait en expliquer la cause, mais son cœur se serrait. Oui, cette fille était belle, mais plus encore, elle avait su capturer tout son être. Il lui appartenait déjà un peu, et elle, pas du tout. Pire, elle se trouvait fiancée à son frère. Le cri de Fernand ordonnant au chauffeur de s'arrêter le ramena sur la banquette inconfortable du taxi.

À travers la vitre, il aperçut les lumières du Dôme. Il n'en éprouva aucune satisfaction. Déjà ses compagnons ouvraient les portières et s'échappaient de la voiture comme autant d'oiseaux libérés de leur cage. Il demeurait seul, immobile.

— Qu'est-ce que tu fabriques, Hubert ? On est arrivé.

La voix de François ne l'atteignait pas. Il se contenta de répondre sans se retourner vers son ami :

— Allez-y, j'ai une personne à aller voir. Peut-être vous rejoindrai-je plus tard. Chauffeur, à la Closerie.

La voiture reprit sa course et disparut, bien vite avalée par le courant du boulevard.

Un bref regard indiqua à Hubert qu'il n'était pas trop tard pour son rendez-vous. Son visage se détendit. Parmi les hommes se tenant au comptoir, un attira son attention. C'était un grand type blond au visage presque juvénile ; typiquement irlandais. Il était très élégant. Un costume de qualité prenait son corps fragile. Ses yeux, même dans le vague, se trouvaient habités d'une vie intense. Ce gars-là ne semblait pas faire partie du reste du décor. Sans doute trop distingué ou différent.

— Salut Scott, désolé pour le retard ! La circulation.

— Oui, si ça continue, Paris va ressembler à New York. Comment vas-tu, Hubert ?

La bouche de Scott s'ouvrit sur un sourire d'une largeur impressionnante.

— On peut dire que j'ai connu meilleure forme.

— Ton problème, Hubert, c'est que tu ressasses toujours les mêmes idées. Ton cerveau va finir par se scléroser ou exploser. Je te conseille alors un bon *Mauser*. Tu sais son efficacité. Le cyanure est un peu long et laisse une mauvaise haleine.

Hubert sourit. Il aimait cet Américain à l'humour et au cynisme trempés.

— Zelda ne t'accompagne pas ?

— Non, elle est restée au bar du Ritz ; elle se prépare. Ce soir, on a une bringue.

— Elle a raison, là-bas, les cocktails sont excellents.

— Les meilleurs. Et ton roman ?

— Au point mort, je n'ai pas le temps et l'inspiration me quitte dès que je l'approche.

— L'ennui avec vous, les fils de riches, c'est que vous ne connaissez pas le prix du temps.

— Tu es sûrement aussi riche que moi, Scott.

— Oui, mais moi, j'ai dû me battre pour y arriver. Et encore, j'ai à peu près tout raté.

— Tu es un bon écrivain, tu as du succès.

Scott secoua la tête et vida d'un trait son verre.

— Ça ne suffira jamais… J'ai fait de ma vie œuvre de destruction. Remarque bien, ça, j'y arrive parfaitement.

— Il y a peut-être plus à plaindre que toi, non ?

— Pourquoi se détruire dans la misère ? Le luxe et l'excès sont des béquilles assez confortables.

— Et où tout cela va-t-il te mener, Scott ?

— Où veux-tu que cela me mène ? L'issue est connue dès le départ. Il n'y a aucun mystère là-dessus. C'est peut-être cette certitude qui m'effraie.

— Je dirais plutôt qu'elle te rassure.

Scott porta à ses lèvres le verre de whisky-soda que venait de remplir le barman. Il le vida d'un coup, comme une respiration.

— Je veux profiter de cette vie, Hubert, avant de devenir complètement dingo, tu comprends ? Je sais que tu comprends. Tu n'es pas bien différent de moi. Au départ, oui, mais à présent, tu es pris comme moi dans cette même danse. Nos pas ne nous emmènent pas loin, mais ils nous maintiennent en vie.

— Illusion !

— Oui, tout n'est qu'illusion… Toi et moi, nous nous abritons derrière des paravents pas très épais et ne crois pas que je ne sais pas que la réalité est derrière. Cette réalité me dégoûte, Hubert, elle est nauséabonde. Laisse-moi l'habiller de folie et de beauté.

— Tu as sûrement raison. Toi et moi ne sommes pas faits pour une vie ordinaire. Celle que nous nous fabriquons ne vaut rien, mais c'est la nôtre et il nous faut aller jusqu'au bout. C'est une question de dignité.

— Foutaises ! À propos, permets-moi de te présenter un compatriote. Il est correspondant au *Toronto Star*.

Scott se retourna en effaçant les épaules. Derrière lui se tenait un grand gaillard d'à peine une vingtaine d'années. Bien qu'encore assis sur son tabouret, sa stature impressionnait, puissante, massive. Une mâchoire carrée soulignait un visage expressif, tout comme l'étaient ses yeux, même si l'alcool commençait à en brouiller l'éclat. Il sourit, découvrant une dentition irréprochable. Scott poursuivit :

— Je te présente Ernest, c'est un p'tit gars d'Oak Park, Illinois, et il a beaucoup de talent. Enfin, c'est ce que je crois et aussi notre amie Gertrude Stein.

— Si vous le dites… Gertrude se trompe rarement. Ses critiques sont féroces, mais souvent justes. Avec un physique pareil, vous devriez plutôt vous lancer dans la boxe.

— Je la pratique aussi. Je ne déteste pas les coups et l'action, répliqua Ernest sans s'émouvoir de la pique lancée par Hubert.

— Alors mon vieux, pour ce qui est des coups et de l'action, vous arrivez un peu tard.

— J'étais sur le front italien.

— On dit le climat de l'Italie plus clément que celui de la Marne.

— Il y pleuvait les mêmes obus.

Scott intervint :

— Messieurs, je crois que vous allez bien vous entendre, en tout cas sur ce coup, vous êtes à égalité. Bien, il va falloir que je vous laisse, j'ai déjà une heure de retard et Zelda va m'étriper. De toute manière, elle me manque. Messieurs, à la prochaine !

— Embrasse Zelda pour moi, rajouta Hubert.

Se redressant bien droit, Scott rectifia sa veste de chez Brooks et traversa la salle, indifférent à ce qui l'entourait.

— Sacré bonhomme, ce Scott, et élégant aussi, un véritable dandy, dit le Français en suivant son ami du regard.

— Ce n'est pas un mauvais écrivain, non plus, un peu délicat, peut-être.

— Qu'est-ce que vous buvez, mon vieux ?

— Bourbon.

— Laissez tomber ce jus de maïs et goûtez ce cognac, il date d'avant la récréation de nos chers dirigeants. Vous le croyez, vous ? Un type tue un autre type, à Sarajevo, celui-là porte une couronne et des millions d'autres types, pas même des témoins, sont obligés de mourir pour laver l'affront. Henri, deux cognacs. Vous verrez, c'est du nectar. Peut-être que pour un aussi bon cognac on aurait pu faire la guerre, mais pour un archiduc…

— Vous avez fait la guerre, vous aussi ?

— Je l'ai plutôt subie. Un fétu de paille dans un maelström de quatre années.

— Et jamais blessé ?

— Si, à plusieurs reprises. J'ai même failli finir dévoré par les rats. Alors, ce cognac ?

— Excellent.

— Henri, deux autres. Et vous, Ernest ?

— Une vilaine blessure à la jambe.

— Je vais vous dire une chose, Ernest, ce ne sont pas les balles qui ont traversé mon corps qui m'ont fait le plus de mal…

— Comment ça ?

— Les souvenirs, Ernest, les souvenirs, ou plutôt les cauchemars… Être là, à siroter du cognac bien au chaud… D'un autre côté, l'alcool est le seul remède que j'ai pu trouver.

— C'est un bon copain, en effet.

— Oui… Henri, les mêmes.

— Cette fichue guerre nous a laissé des traces à tous et celles restées dans nos corps sont les moindres. Mais je ne suis pas comme Scott, je ne veux pas m'avouer vaincu.

— Scott n'a pas fait la guerre, fit remarquer d'Arzacq.

— Non, mais celle qu'il mène en ce moment est perdue d'avance. C'est un faible !

— Vous êtes sévère.

— C'est sûrement le meilleur écrivain de cette génération, mais il gâche tout par son attitude désinvolte.

— Vous le connaissez très peu.

— Suffisamment pour savoir que lui et sa femme brûlent tout ce qu'ils ont de meilleur en eux et je trouve cela pitoyable.

— Pitoyable ou non, c'est leur choix et nous n'y pouvons rien. Nous n'avons même pas le droit de les juger. Vous avez votre expérience, ils ont la leur.

— N'en parlons plus.

— Vous êtes descendu à quel hôtel ?

— Aucun. Nous vivons ma femme et moi au 113, rue Notre-Dame-des-Champs.

— Vous êtes donc marié ? Si jeune…

— Et avec un bébé… Vous n'êtes jamais tombé amoureux ?

— Si, souvent. Peut-être même trop souvent, mais je n'ai jamais eu le temps de me marier. L'amour, le vrai, est un instant et peut-on bâtir toute une vie sur un instant, aussi admirable soit-il ?

— Je ne sais pas. Je suis tout de même heureux.

— Alors tant mieux ! Et à part le mariage, Ernest, avez-vous d'autres activités ?

— J'aime la chasse et la pêche.

Hubert secoua la tête avec une moue dubitative. Ernest sourit.

— Vous n'aimez pas ce genre d'activité.

— Vous savez, à Paris, vous avez rarement l'occasion de tirer un cerf… Lorsque j'étais plus jeune, en province, j'ai participé à plusieurs parties de chasse, mais j'avoue que je n'ai pas pris un plaisir particulier à dégommer un sanglier ou un faisan. Plus tard, pendant la guerre, c'était pareil. Tirer sur les gars de la tranchée adverse ne m'a jamais apporté une joie intense ; tout juste du dégoût.

À son tour, Ernest secoua la tête :

— Vous mélangez tout. Moi, Hubert, je ne rêve que d'une chose, enfin, une chose parmi tant d'autres, celle d'aller chasser le lion en Afrique.

— Avec des rêves pareils, vous ne resterez pas longtemps marié, croyez-moi. Maintenant, si vous voulez, je connais très bien le directeur du zoo, peut-être vous laissera-t-il le plaisir d'abattre son lion !

— Vous ne comprenez pas ce que je veux vous dire. Ce n'est pas le simple fait de tuer un lion qui est important, mais celui de se rendre seul sur son territoire, avec ses propres blessures, ses doutes, de le traquer aussi longtemps qu'il le faut et de se retrouver enfin face à lui…

— L'homme face à sa propre mort…

— Oui, c'est un peu ça…

— Et dans ce genre de confrontation, êtes-vous sûr de gagner à chaque fois ?

— Non, et c'est là l'intérêt. Quand vous montez sur un ring, vous n'êtes jamais sûr de remporter la partie. C'est un peu pareil.

— Oui. Alors que si vous vous battez contre des nains ou des culs-de-jatte, c'est différent.

— Ne vous moquez pas, c'est sérieux.

Hubert sourit en balançant la tête. Ce jeune Américain l'amusait et commençait à lui plaire.

— Mais, dites-moi, dans tout ça, il y a quand même une grande part de suicide ou de masochisme, certes viril, mais qui peut, d'un instant à l'autre, mal se terminer.

— Oui, sans doute, mais ce qui est important, c'est la lutte, le risque. Trop d'hommes se contentent de vivre, seulement de vivre…

— Ce n'est déjà pas si mal… Je comprends mieux maintenant pourquoi vous vous êtes marié.

Les deux hommes se mirent à rire. Ils étaient tous deux différents, mais le même désespoir les liait. Les verres continuèrent à se succéder.

— Connaissez-vous la corrida, Hubert ?

— Il m'est arrivé de me battre avec des maris jaloux.

— Plus sérieusement ? Un jour, je partirai pour l'Espagne. Je veux assister à ce spectacle magnifique. Le combat de l'homme contre la bête sauvage au milieu de l'arène…

— D'après ce que j'en sais, il est très rare de voir le taureau triompher. Les dés ne sont-ils pas un peu pipés ?

— Je vous le répète, c'est le combat qui est important, le risque de tout abandonner et de prouver sa bravoure devant tout un peuple. C'est un combat contre la mort elle-même, contre la peur. Le torero demeure le véritable héros, celui auquel les hommes ordinaires s'identifient et dont les femmes sont amoureuses. Durant cette lutte, il est un dieu.

— Vous manquez à ce point de reconnaissance ? Vous savez, je crois que vos fêlures sont aussi larges que celles de Scott ! Différentes, mais tout aussi importantes. Remarquez, ça me rassure. Pendant un instant, j'ai pensé que vous n'étiez qu'un sale gosse naïf et arrogant.

— Il est des choses auxquelles je tiens et que je veux réaliser. Brûler ma vie dans des bringues ne m'intéresse pas. L'homme doit se réaliser dans quelque chose de fort et qu'importent les risques qu'il court pour y parvenir. Ce sont ces risques qui font de lui un homme véritable.

— Vous êtes un idéaliste, c'est déjà ça. Je vous accompagnerai peut-être en Espagne. On dit les Andalouses très belles. Sans doute sauront-elles réveiller en moi une vocation de picadors.

— Toujours cette ironie… Du reste, je pense que la littérature doit être à l'image de la corrida, précise, au plus près de la réalité, sans concession. Chaque mot doit être un engagement de son auteur, une lutte.

— Il est vrai que, quand j'écris, cela devient parfois un véritable combat. Chaque mot, chaque phrase à trouver, se transforme alors en un affrontement incertain et je prie pour qu'un événement extérieur vienne me libérer.

— Quelle sorte d'événement ?

— Oh, dans ces moments-là, je ne suis pas difficile : une visite, une bringue, une bonne bouteille, ou simplement un rayon de soleil.

— Vous feriez un mauvais toréador.

— Et un écrivain pas très fameux, je le crains.

— Il m'arrive d'écrire plus d'une trentaine de fois la même page.

— Quel gâchis ! Avec la même énergie, j'écris la moitié d'un roman.

— Voyez Fitzgerald, Scott, il a énormément de talent, mais depuis deux ans, il n'écrit plus que des choses alimentaires.

— Il m'a pourtant dit qu'il travaillait sur un beau roman. Il avait l'air sincère.

— Peut-être. Avec cet homme, on ne sait jamais. À tout moment, il est capable d'écrire un chef-d'œuvre, de faire un bon mot, ou de décrocher la mâchoire de son voisin.

— Je l'aime bien, c'est un désespéré, mais un désespéré lucide. À chaque instant, il sait vers où il descend. D'ailleurs, que construire de concret avec ce que nous ont laissé nos aînés ?

— C'est un narcissique.

— Un peu comme vous, me semble-t-il.

— Peut-être… Mais, je vous le répète, moi, je préfère le combat.

— C'est aussi une façade. Ne demeurez pas trop longtemps à Paris, partez pour l'Espagne et ses taureaux, ou l'Afrique et ses lions. Ici, il n'y a rien à espérer. Nous avons gagné la guerre, mais le goût de la défaite emporte tout. Nous sommes échoués sur une plage et l'air que nous respirons ne nous convient plus. Un dernier verre ?

— Non, il est tard et j'ai du travail.

— Comme vous voulez. C'était un plaisir de discuter avec vous, Ernest…

— Hemingway. Hem' pour les amis.

— D'Arzacq… J'espère que nous nous reverrons, Hem'.

— … Peut-être.

Les deux hommes se serrèrent la main avec force, comme s'ils avaient voulu sceller quelque chose. L'instant présent sûrement. L'Américain se leva en déployant son corps massif et se dirigea d'un trait vers la sortie. Hubert resta un instant les yeux dans les bouteilles alignées derrière le barman. *La génération perdue*… Oui, cette expression de Gertrude Stein collait bien à tous ces jeunes gens. Ils avaient tous embrassé la guerre comme une glorieuse aventure, une croisade contre la tyrannie et l'archaïsme d'un monde ancien. Les mots jetés par leurs aînés sonnaient creux, échos de valeurs jetées dans la boue et le sang des champs de bataille. Le monde nouveau ne valait guère mieux. Le chaos n'avait engendré que la misère. Cette génération-là devait lever sur une terre ruinée et aride, sans illusion. Fitzgerald et sa femme Zelda brûlaient leur vie dans l'alcool, la vitesse, les fêtes et l'excès, mais le reflet dans le miroir demeurait vide. Ce jeune homme, cet Hemingway, en prenant un chemin différent, suivait pourtant la même route. Le combat d'un homme blessé luttant pour sa survie dans un monde épuré. Pourtant, il annonçait la même fin. Et lui, Hubert, ne valait pas mieux. Sa révolte ne produisait rien. *Rien* : ce mot résonna plusieurs fois dans sa tête, il résumait tout.

CHAPITRE III

Le lendemain

L'odeur du café chaud commençait son ascension dans les narines du dormeur. Ce furent les premières à se réveiller. Le cerveau eut plus de mal. L'alcool et les mauvais rêves demeuraient.

— Il est quatorze heures, monsieur.

Et cette voix, qu'il connaissait bien, qui chaque jour se répétait, comme elle allait mal avec le décor de ses cauchemars. Ce n'était pas seulement le jour qui s'annonçait, mais une nouvelle épreuve, celle de la réalité.

— Aujourd'hui, il fait beau, monsieur.

Quelle nouvelle ! Pour ce qu'il avait à faire, la pluie pouvait bien suffire. Ses paupières demeurèrent collées et une image inhabituelle dansa dans leur intimité. Il sourit. De ses lèvres sèches, s'échappa un mot, inaudible : *Aurélia.*

— Pardon, monsieur ?

Hubert se redressa d'un coup. Ses yeux reprenaient leur expression de vie.

— Michel, prépare vite mes habits, j'ai un rendez-vous très important aujourd'hui.

— Très important ?

— Cesse ces sarcasmes, et ne reste pas planté là.

— Et le café ?

— Le café, je vais le boire, dépêche-toi.

Michel quitta la chambre. Hubert se leva.

— Je peux tout de même boire mon café seul, marmonna-t-il.

Une chose nouvelle se passait, une chose inhabituelle. Tout son corps s'agitait. Que lui arrivait-il ? Il se sentait presque heureux et le soleil qui léchait son visage n'en était pas la cause. Aurélia, *La Monteverde*, oui, elle seule lui donnait vie et ça ne lui était pas désagréable. En étirant ses bras, il éclata de rire. Il avait un but, une mission essentielle : conquérir la belle. Son esprit bouillonnait. De quelle arme allait-il se parer ? L'image de la corrida lui revint. Ce jeune Hemingway avait bien raison : il est des combats qu'il ne faut pas rater, des face-à-face qui ne supportent pas la moindre erreur, la moindre faiblesse. Les banderilles et l'épée lui parurent pourtant excessives. Il sourit à nouveau. Non, pour ce genre de conquête, il lui fallait une autre chose, et il savait où se la procurer. Le café glissa d'un trait au fond de sa gorge. Il se brûla et en éprouva une grande satisfaction.

En se rasant, il pensait à tout ce qu'il devait réaliser pour arriver à ses fins. Autant de méthode l'étonna. L'instinct, l'improvisation l'avaient toujours sauvé et son charme féroce lui ouvrait toutes les cuisses qu'il désirait. Aurélia n'était pas une de ces filles qu'on emportait avec quelques mots et des sourires. Elle demeurait une citadelle haut perchée, et ce n'était pas son frère qui pouvait en empêcher l'assaut. Cette pensée l'amusa.

— Charles, tu vas enfin connaître le goût amer de la désillusion.

Le taxi s'arrêta au niveau du numéro 13 de la rue de la Paix. De larges vitrines de lumière perçaient une façade de marbre noir aux nervures d'or. À intervalles réguliers, des pilastres aux chapiteaux dorés donnaient à l'ensemble une ordonnance sobre et élégante. Le voiturier ouvrit la porte. Sur la casquette qu'il abaissa en signe de respect était brodé en lettres d'or le nom de Cartier.

— Bonjour, monsieur d'Arzacq.

Hubert lui répondit d'un signe de la tête. Avant d'entrer, il fit quelques pas sur le trottoir encombré de badauds et jeta un coup d'œil aux vitrines. Des cascades de diamants tournaient en de somptueuses volutes au montage de platine invisible. Un instant, il pensa au travail qu'il avait fallu accomplir pour réaliser pareilles merveilles. Penser au travail ne lui ressemblait pas, mais ce jour n'était pas un jour ordinaire. Des hommes en des pays lointains avaient creusé la terre de leurs mains durant des années pour extraire ces larmes divines ; elles rappelaient le véritable prix, celui du labeur, de la souffrance. D'autres hommes traversaient des contrées rudes pour les ramener dans les ateliers de ce magicien de Cartier qui les transformait en chef-d'œuvre de l'imagination humaine. Ensuite, elles traînaient négligemment sur le bord d'une coiffeuse ou s'éteignaient dans l'obscurité d'un coffre. Un peu plus loin, des guirlandes de perles à l'orient subtil et aux formes parfaites attendaient patiemment la tendresse d'un cou féminin pour retrouver une seconde vie.

— C'est magnifique, n'est-ce pas ?

Hubert se retourna sur cette voix qui s'adressait à lui. Une silhouette frêle, enveloppée d'un large manteau taupé, se tenait devant lui. Elle lui sourit.

Le visage maigre et allongé de ce nouveau personnage, fait de creux et de bosses, encadrait un nez long et effilé. De ses yeux sombres se dégageait une sorte de tristesse qu'une chevelure anthracite semblait vouloir accentuer.

— Jean, comment vas-tu ?

— Bien, merci. C'est curieux, j'ai l'impression que toi aussi tu ne vas pas si mal. Peut-être la lumière du jour ? Il est tellement rare de te croiser à cette heure.

Hubert sourit.

— Ce n'est pas seulement ça. Jean, je crois que je suis amoureux.

— Comme à chaque fois que je te croise.

— Cette fois-ci, c'est différent.

— La conquête n'est donc pas déjà faite ?

— Non, pas encore.

— Mon ami, je crois que tu n'as aucune idée de ce que c'est d'être amoureux. Tu n'en imagines même pas la subtilité et la gravité.

— La gravité ? Crois-moi, je suis bien attiré par la jeune femme qui m'a sorti si tôt de mon lit. Il n'y a pas de gravité plus forte sur cette Terre qui puisse accomplir pareil prodige.

Les deux hommes se mirent à sourire et s'embrassèrent les joues.

— Et toi, Cocteau, que fais-tu dans ce quartier ?

— J'ai rendez-vous.

— Avec un éphèbe ?

— Non, avec notre ami Louis. Il doit me présenter aujourd'hui une de ses créations.

— Tu t'intéresses donc aux bijoux.

— Je m'intéresse à tout, tu le sais bien. Veux-tu m'accompagner ?

— Je me rends moi aussi chez lui.

— Alors, c'est vrai, tu dois bien être un peu atteint par ce que tu nommes avec irrévérence l'amour. Viens, suis-moi, entrons.

Hubert emboîta le pas à Cocteau.

À l'intérieur, derrière la porte de verre, le monde s'effaçait. La sobriété, le raffinement des boiseries plongeaient les visiteurs dans une quiétude bienveillante. Ils ne se sentaient pas des étrangers, des clients. Cartier avait réussi à donner à son magasin la chaleur d'une demeure particulière, d'une maison. Les plus grands de ce monde n'hésitaient pas à s'y rendre. Ils s'y trouvaient à l'aise, en visite.

Un garçon de magasin vint à leur rencontre. L'accueil lui aussi était chaleureux, ni familier, ni ostentatoire.

— Monsieur Cocteau, monsieur d'Arzacq, soyez les bienvenus.

— Nous avons rendez-vous avec M. Cartier.

— Très bien, si vous voulez bien m'accompagner, nous allons nous rendre à son bureau.

Le jeune homme invita d'une main ouverte les deux visiteurs à emprunter un large couloir percé à intervalles réguliers d'ouvertures donnant sur des salons. Négligemment, Hubert jeta un coup d'œil dans l'un d'entre eux.

Assis devant un bureau, un homme à forte corpulence faisait jouer à la lumière un collier nimbé de diamants. Son regard en appréciait le moindre détail, le moindre éclat.

— Dimitri, s'exclama Hubert, encore à la recherche d'un cadeau pour votre dernière conquête ?

Le gros homme se leva. De larges favoris, masquant ses joues pleines et tombantes, se rejoignaient en une épaisse moustache blonde et soignée sous un nez court. Il sourit.

— Hubert, très cher ami, vous ici, à cette heure !

La musique de son accent dénonçait ses origines russes.

— C'est bon, je me suis levé, il fait encore jour, il n'y a pas de quoi non plus écrire un article dans le journal.

Cocteau sourit.

— Hubert, Jean, si vous saviez comme je suis heureux ! Je suis amoureux.

— Vous aussi ?! reprit Cocteau. C'est une véritable épidémie.

— C'est la plus belle femme qui existe sur cette Terre. Je vais l'épouser et en faire une archiduchesse.

— Une duchesse devrait suffire, ne croyez-vous pas ? piqua Hubert.

— C'est une danseuse.

— Pardon ? demanda, plus grave, Hubert.

— La plus merveilleuse des danseuses. Si vous voyiez son visage, vous croiriez tout de suite en Dieu. Et quand elle danse alors…

— Mais vous la connaissez depuis longtemps ? reprit Hubert.

Son visage se refermait malgré lui.

— Depuis un certain temps, répliqua l'archiduc, l'œil plus pétillant que la coupe de champagne qu'il portait à sa bouche. Mais chut, la coquine a un fiancé !

— Un fiancé ? répéta machinalement Hubert.

Le sang lui tapait aux tempes.

— Oui, mais quelle importance ! Quand elle verra cette merveille, elle ne pourra plus hésiter. Admirez toute cette vie dans ces diamants, quelle harmonie, quelle douceur !

Le visage d'Hubert se refermait un peu plus. Ses poings se serraient sans qu'il en ait le contrôle.

— Et où se produit cette charmante créature ? intervint Cocteau.

— À vous, je peux le dire… Au Moulin Rouge. Elle n'a pas sa pareille pour lever la jambe, croyez-moi.

Hubert éclata de rire, un rire libérateur, nerveux. Oui, durant un moment, il avait cru que le cachalot russe avait conquis sa belle. Que d'absurdité dans ses pensées ! Comment un homme pareil pouvait-il séduire Aurélia ? L'excès de ses rires frappa les deux hommes. Dimitri en prit ombrage.

— Vous trouvez que je suis trop vieux ou pas assez élancé pour séduire pareille créature ?

— Non, Dimitri, vous êtes parfait. Vous savez vivre et j'aime ça.

— J'ai acheté une villa à Biarritz. Je compte l'y amener ce week-end et lui faire ma demande.

— Eh bien, Dimitri, je vous souhaite le plus grand des bonheurs !

— Bien, intervint Cocteau, ne faisons pas attendre Louis. À bientôt, Dimitri.

— À bientôt, les amis.

Dimitri était un de ces aristocrates russes chassés par la révolution bolchevique. Il avait eu la chance de quitter son pays avec une partie de sa fortune. Paris demeurait sa terre d'exil. Sa jovialité masquait une blessure. Les siens n'avaient pas eu sa chance et sa patrie tout entière avait basculé dans le chaos. Il avait bien tenté de rejoindre l'armée des *Blancs*, mais tout était perdu depuis longtemps et l'Histoire avait tout broyé. Pour lui aussi, l'époque avait changé. En ce sens, il ressemblait à Hubert. Le même vide les habitait.

Le salon de Louis, habillé de boiserie blonde, baignait dans une ambiance intime. Sur le mur du fond, une bibliothèque encadrait une cheminée. Au-dessus, un miroir renvoyait l'image des visiteurs. Un bureau Louis XVI deux fauteuils et une marquise du même style complétaient le décor. On se sentait bien, chez un ami.

— M. Cartier ne devrait plus tarder. Puis-je vous proposer une boisson ?

Les deux hommes refusèrent l'invitation. Le garçon quitta la pièce. Cocteau ne lâchait pas des yeux le miroir. Il ne disait pas un mot.

— Que t'arrive-t-il, Jean ? Ton image ne te plaît-elle pas ?

— Non, ce n'est pas ça ; même si je ne me trouve pas beau. À ton avis, Hubert, que se trouve-t-il derrière ce miroir ?

— Je ne sais pas, de la poussière, des toiles d'araignée.

— Tu veux que je te dise, tu n'as vraiment aucune imagination. Tu es trop attaché à ce monde, à sa réalité.

— Je ne suis pas un poète.

— Je voudrais pouvoir traverser cette glace, aller au-delà de cet affreux reflet. Oublier ce monde... Radiguet me manque.

— Il nous manque à tous.

— Je sais.

Un silence s'installa. Hubert comprenait sa peine. La mort du jeune poète affectait vraiment Cocteau, mais aussi tous ceux qui l'avaient approché. La typhoïde avait emporté ce jeune homme de vingt ans. Celui que ses amis appelaient *Monsieur Bébé* avait traversé ce début de siècle comme la plus belle des comètes. Il laissait derrière lui une traînée pure et lumineuse, des lignes pleines, sans concession. Sa jeunesse bien sûr, mais aussi son énergie, fascinaient. Comme s'il avait anticipé sa mort soudaine, il dévorait la vie avec boulimie. *Vingt ans* ! Hubert secoua la tête. *Celui-là, ce n'était pas la guerre qui l'avait pris, mais des dieux jaloux de son génie. Puisque les hommes ne l'avaient pas sacrifié, Baal s'en était lui-même chargé.*

Cocteau demeura un instant devant le miroir. Une larme dévala sa joue creuse. Il ne chercha pas à la cacher à son ami. Il approcha la main doucement de la glace et y colla ses doigts maigres. Le froid et la dureté de sa surface le ramenèrent à la réalité. Il soupira.

— Bonjour les amis, je suis content de vous voir.

Cette voix nouvelle sortit Cocteau de ses pensées. Elle appartenait à Louis Cartier, qui venait de faire son entrée dans le salon. Cet homme élégant approchait les cinquante ans. Les traits fins de son visage s'éclairaient d'un sourire sincère. Une moustache aux reflets blonds en soulignait l'harmonie.

Cocteau se retourna à son tour et sourit.

— Excusez-moi, Louis, j'étais en train de…

— Ne vous excusez pas, Jean, vous êtes ici chez vous. Comment allez-vous, Hubert ?

— Très bien, merci.

Louis Cartier aimait la compagnie des gens de lettres et des artistes. Lui-même n'en était-il pas un ? Il s'en défendait, mais tous louaient sa capacité à créer, à innover. Il suffisait de jeter un coup d'œil sur ses créations pour s'en persuader. Elles s'inscrivaient dans le temps. Il ne se contentait pas de flatter ses clients fortunés par des formes convenues, attendues, mais il allait de l'avant, proposant l'esthétisme de demain, de nouvelles compositions. Il s'enracinait parfaitement dans le renouveau artistique de ce début de siècle.

— Asseyez-vous, mes amis. François, s'il vous plaît, veuillez présenter notre petite merveille.

Le garçon de magasin posa un petit plateau sur le bureau. En son centre, brillait ce qui semblait être un anneau d'or. Hubert jeta un regard dubitatif. *Alors, c'est ça, cette petite merveille* ? Louis, du coin de l'œil, l'observait. Il sourit. Cocteau ne quittait pas du regard l'objet.

— Allez-y, Jean, essayez-le, je vous en prie.

Avec délicatesse, Cocteau prit l'anneau, ou plutôt les trois anneaux, et les porta à son auriculaire gauche.

— C'est merveilleux. Les anneaux roulent les uns sur les autres pour ne former à la fin qu'un seul. Vous êtes vraiment un magicien, Louis.

Hubert comprenait mieux à présent. Il secoua la tête de satisfaction. Cartier n'était pas mécontent de l'effet.

— Les anneaux sont faits de trois ors différents. Le premier anneau en or jaune, le second en or gris et le troisième en or rose. Et tous les trois sont unis, liés entre eux.

— C'est superbe, ajouta Hubert.

Cocteau avança sa main vers son ami, lui montrant de plus près la bague.

— Tu vois, Hubert, tu as devant toi l'amour parfait.

— Comment ça ?

— Chaque anneau représente une vertu. L'amour, la fidélité et l'amitié.

— Un sacré programme en vérité. Peut-être devrais-je me contenter d'un seul anneau ? ajouta Hubert en souriant.

— Et lequel ? demanda Louis.

— L'amitié sûrement.

Les trois hommes se mirent à rire.

— Mais, ne m'as-tu pas dit que c'est l'amour qui t'a fait venir ici ?

— Oui sûrement. Appelons ça *amour* puisqu'il faut donner à toute chose un nom.

— J'ai une très belle bague à vous présenter, avec un diamant magnifique de Golconde.

— Non, pas une bague.

— Et pourquoi ? demanda Cocteau.

— Parce qu'une bague, c'est déjà une promesse.

— Je vois… Et à quoi penses-tu alors ?

— Je ne sais pas, un bracelet peut-être.

— Pour captiver la belle, la retenir ?

— Cocteau, tu es trop cérébral, mais il y a de ça.

À nouveau, les trois hommes se mirent à rire.

— Je crois que j'ai ce qu'il vous faut. François, apportez, s'il vous plaît, le bracelet que j'ai apporté ce matin des ateliers.

— Bien, monsieur.

Il ne fallut pas longtemps pour que le garçon de magasin revienne avec, sur son plateau, un ruban de lumière. Le silence se fit. Les regards se concentrèrent sur le bijou. De délicats motifs géométriques pavés de diamants se détachaient au centre du bracelet avec une légèreté fabuleuse. À peine voyait-on les attaches minuscules de platine.

— Quelle finesse ! s'extasia Cocteau.

— Attendez, ajouta Cartier avec un sourire de satisfaction.

Avec une délicatesse mesurée, le joaillier prit entre ses doigts le bracelet et commença à le faire onduler.

— Voyez la souplesse.

— Fantastique ! s'exclama Hubert. Je ne vois pas quel autre bijou je pourrais choisir !

— Je connais ta folie, mais cette fois-ci, tu dois être vraiment amoureux.

— Oui, Cocteau, mais comment me serait-il possible de faire autrement ? C'est la plus belle des femmes…

— Et, pouvons-nous en connaître le nom ?

— Plus tard…

— C'est entendu.

— François, s'il vous plaît, apportez-nous un écrin.

Hubert se leva, satisfait de son choix. Instinctivement, son regard se porta sur la bibliothèque. Un livre qui paraissait fort ancien attira son regard. Il bascula la tête pour en lire le titre d'or qui se trouvait sur la tranche de cuir brun.

— Une autre merveille, intervint Louis. Je l'ai trouvé par hasard chez un bouquiniste du Quartier latin.

Hubert lut à voix haute :

— *Le Hollandais volant*. C'est l'histoire d'un aviateur ?

Hubert savait Cartier amateur de mécaniques. D'ailleurs, n'avait-il pas créé pour son ami Santos-Dumont une montre-bracelet afin qu'il puisse chronométrer ses vols sans se déconcentrer ou finir sa course dans un pommier ?

— Non, c'est l'histoire d'un marin, d'un capitaine prisonnier de son destin, condamné à naviguer éternellement sur une mer de tempêtes pour s'absoudre d'une faute commise.

— C'est l'histoire du *Vaisseau fantôme*, n'est-ce pas ? demanda Cocteau.

— En effet. Voulez-vous que je vous le prête, Hubert ?

— Un homme prisonnier de son destin ? Ne le sommes-nous pas tous ?

— Certainement, mais lui doit vivre éternellement dans la souffrance et le remords.

— Ce type me plaît. Je vous emprunte le bouquin avec plaisir.

Le garçon de magasin entra à nouveau dans la pièce avec l'écrin rouge de forme oblongue.

— Bien, déclara Cocteau en se levant, nous n'allons pas abuser plus longtemps de votre temps, je le sais précieux.

— Comme toute chose ici, rajouta Hubert. Je vous ferai parvenir au plus vite un chèque par mon valet. Vous n'aurez qu'à y inscrire la somme.

— Ne vous inquiétez pas.

Louis Cartier raccompagna ses deux amis jusqu'à la porte, les salua et retourna à son univers.

CHAPITRE IV

Paris, Place de l'Opéra, 20 heures 20

La voiture attendait son tour pour se positionner devant le grand escalier de l'Opéra. À l'arrière, Hubert s'impatientait. Sa bouche dessinait une grimace, ses doigts tapotaient sur l'écrin rouge. Il était nerveux. D'un geste, il le rangea dans la poche de son manteau et prit une profonde respiration.

— Michel, dépasse toutes ces voitures et laisse-moi devant l'escalier.

— Mais monsieur…

— Ne discute pas, fais ce que je te dis !

La Packard déboîta de la longue file d'automobiles, serra au plus près le trottoir et s'arrêta devant l'escalier. Sans se préoccuper des râleurs et des personnes qui attendaient patiemment leur tour, Hubert avala les marches deux par deux. Que lui importaient ces gens bloqués dans leur voiture, lui seul avait un rendez-vous important ! Il ne venait pas dans ce lieu pour assister à un simple spectacle de danse et de musique, non, lui partait à la conquête, et la conquête n'avait que faire des embouteillages et des conventions.

Il dut pourtant patienter un peu. Ce soir-là, c'était une foule compacte et bruyante qui envahissait le décor grandiose du palais Garnier. Même en jouant des coudes, il dut patienter pour atteindre la loge qu'il avait réservée.

La place se trouvait investie. Le plus difficile demeurait d'en emporter la pièce maîtresse. Il était nerveux. Son regard n'arrivait pas à se poser sur une seule chose. Il allait d'un visage à un autre, d'une moulure à un détail du plafond, et toujours revenait sur la pourpre du rideau. Derrière se trouvait l'unique objet de sa présence en ce lieu. Il jeta un œil distrait sur le feuillet et seul le nom de *La Monteverde* lui arracha un sourire. Oui, Aurélia deviendra une d'Arzacq, mais pas de la manière dont son frère l'espérait. Cette pensée le rendit plus fort, moins agité.

Après un moment qu'il ne put mesurer, le noir et le silence se firent dans la salle. Il respira profondément. Son cœur s'accéléra. L'ouverture passée, les danseurs apparurent. Seule Aurélia attirait son attention. Pouvait-on magnifier la musique avec autant de justesse ? Chacun de ses muscles semblait fait de ces notes. Ils ne réagissaient pas à la musique, ils étaient la musique. Tout son corps paraissait possédé, pris d'une transe harmonieuse. Hubert était fasciné. Après tout, peut-être Dieu existait-il ? pensa-t-il. En tout cas, il n'avait jamais rien vu d'aussi beau. La grâce de la jeune femme rendait toute chose autour d'elle inutile, invisible. Elle envahissait tout son être, il était heureux. Il enviait ces mains qui serraient les hanches de la belle ; il en éprouvait presque de la jalousie. Une paix pourtant l'habitait.

Les tableaux se succédaient avec la vitesse que la passion procure et le salut final vint interrompre cette tempête de beauté. Le fracas des applaudissements fit frissonner le jeune homme. Aurélia souriait et rendait le salut à tous ses admirateurs debout. Elle rayonnait. Seuls les soubresauts de sa poitrine dénonçaient l'incroyable effort qu'elle venait de réaliser. Hubert à son tour se leva et cria son admiration. Ses bravos se mêlaient au tonnerre qui emplissait la salle tout entière. Cet anonymat ne le froissa pas. Sa sincérité lui faisait oublier son ego. Il appartenait à cette communauté de gens qui rendait grâce à la beauté et au talent absolu. Il en oubliait la véritable raison de sa présence en ce lieu. Ses mains frappaient fort entre elles comme pour retenir l'instant, demeurer dans le merveilleux.

Le grondement finit par passer. La foule ne tendait plus qu'à une seule chose : quitter les lieux. Hubert devait à nouveau la traverser pour se rendre au plus vite auprès d'Aurélia. Il en était persuadé, cette femme lui était destinée ; il ne pouvait en être autrement. Ses divagations sentimentales ne devaient le mener qu'à cet absolu, n'aboutir qu'à cet amour parfait, idéal.

En se rapprochant des loges, ses pardons se firent plus autoritaires. Il ne supportait pas cette foule. Qu'avait-elle à faire ici ? Le spectacle n'était-il pas terminé ? Tous avaient de l'admiration pour *la Monteverde*. Ils voulaient la féliciter, la remercier, mais comme ces banalités restaient petites, sans intérêt. Sa quête à lui était bien plus grande, plus vitale aussi, en fait, elle était essentielle, sans détour.

Hubert fut un des premiers à se présenter devant le cerbère qui gardait la porte. Au revers de sa veste, un liseré jaune et vert indiqua à Hubert la marche à suivre.

— Dis-moi, camarade, ces assauts doivent bien te changer de ceux de Verdun.

— Je n'étais pas à Verdun, mais dans les Balkans. Reculez, s'il vous plaît.

— D'accord, voici un billet qui devrait te faire oublier ce petit malentendu.

— Reculez, monsieur, nul n'est autorisé à entrer dans cette partie de l'Opéra !

Hubert n'aimait pas qu'on lui résistât, surtout dans ces moments. Il porta à nouveau la main à la poche intérieure de son frac et en retira une petite boîte dorée. Il en sortit une carte blanche et la tendit à l'homme insensible à son agitation.

— Alors écoute, bonhomme : tu vas tout de suite donner cette carte à Mlle Monteverde et revenir aussitôt pour me laisser entrer. Dépêche-toi !

Devant tant d'aplomb, le garde hésita, croisa le regard déterminé d'Hubert et disparut derrière la porte. Quand il réapparut, son regard était plus sombre encore, contrarié.

— C'est bon, vous pouvez y aller, monsieur, Mlle Monteverde vous attend.

— Ne fais pas cette tête, tu ne pouvais pas savoir. Tiens, prends ce billet.

— Je ne suis pas un mendiant, gardez votre argent.

— Comme tu voudras.

Il passa devant le garde sans même le regarder. Au fond, il s'en voulait un peu d'agir ainsi. Il n'était pas trop différent de tous ces bourgeois qu'il décriait tant. Ce type avait traversé l'Europe à pied sous le feu, dans la faim et le froid, et se voyait mouché par un jeune coq arrogant sans pouvoir répliquer. Il n'eut pas le temps d'avoir honte, ses pensées déjà allaient vers Aurélia.

Il resta un instant sans bouger dans le couloir. Il voulait remettre en place ses idées, se libérer de la tension qui le prenait, qui l'incommodait. Derrière cette porte demeurait sa plus belle conquête, il ne devait pas faire d'erreurs, tout gâcher par précipitation. Il sourit et frappa la porte du revers de son index. Elle s'ouvrit d'elle-même. Une bouffée de parfum de jasmin et de rose l'envahit. La cameriste referma la porte et quitta la pièce. Lui tournant le dos, Aurélia finissait de se démaquiller. Ses longs cheveux noirs ondulaient le long de ses épaules. Elle ne le quittait pas des yeux à travers le reflet du miroir qui lui faisait face.

— Excusez-moi de vous recevoir ainsi, le ballet vient tout juste de se terminer.

— Je voulais être des premiers à vous féliciter.

— C'est gentil, merci. Asseyez-vous, je vous en prie. Vous n'avez pas de fleurs ?

Décontenancé par cette question, Hubert bafouilla un peu.

— En principe, les hommes qui viennent me féliciter ont du mal à émerger de derrière leurs bouquets. Je trouve plutôt original que vous veniez les mains vides. Voyons si vos compliments le sont aussi.

Encouragé par les paroles de la jeune femme, Hubert répliqua :

— En fait, je ne suis pas très coutumier de ce genre de spectacle.

— Une femme qui se démaquille ? Je pensais le contraire.

— Non, je parlais du ballet et…

— J'avais compris, je vous taquine.

— Pour moi, la danse n'est qu'un rituel de séduction, mais…

— Mais ?

— Mais aujourd'hui, je me suis rendu compte en vous voyant que c'était bien plus que ça.

— Je ne vous ai donc pas séduit ?

— Si bien sûr, mais plus encore. Ce soir, j'ai assisté à la quintessence de l'art et de la beauté.

— Et aussi à énormément de travail.

— Pardon ?

— Vous savez, depuis mon plus jeune âge, je ne cesse de travailler dur pour arriver à ce que vous avez vu ce soir.

— Cela paraissait si facile.

— *Facile* est le seul mot qui ne me viendrait pas à l'esprit.

— Pardonnez-moi, je…

— Ne vous excusez pas, Hubert, je le prends pour un compliment. Le spectateur doit ignorer les douleurs de l'artiste, ses doutes, ses souffrances et ses renoncements. Nous devons nous présenter à lui comme l'auteur et le chorégraphe en ont décidé. Ce n'est pas notre vie que nous présentons, mais l'interprétation d'une pensée.

— Mais sans la couleur que vous lui donnez, une œuvre ne demeure qu'une pensée, des mots et des notes griffonnés sur du papier blanc et sans saveur. Avec vous, c'est différent, chaque instant est habité de votre talent et le mot talent devient vulgaire quand il s'applique à vous.

— Quel lyrisme !

— Ne vous moquez pas de moi, il y a bien longtemps que je n'ai pas été sincère.

— Alors ne gâchons pas ce moment, puisqu'il semble si rare.

— Vous êtes vive et intelligente, je ne m'étais pas trompé.

— Et si vous me disiez plutôt pourquoi vous vous trouvez ici, Hubert.

— En pensant à vous, j'ai eu envie de vous faire un cadeau.

— C'est gentil.

Sans savoir vraiment quoi faire, Hubert sortit de son frac l'écrin carmin. Il n'aimait pas cette situation, car il n'en était pas le maître. Il ne s'était pas préparé à grand-chose, mais certainement pas à cette ironie. Les mots lui manquaient.

— Aurélia, puisque vous semblez aimer les choses sans détour, veuillez accepter ce présent comme témoin des sentiments que j'éprouve pour vous.

— Des sentiments ?

— Prenez, je vous en prie.

Aurélia ouvrit délicatement l'écrin. Les reflets des diamants mouchetaient son visage de lumière.

— C'est magnifique ! laissa-t-elle échapper. Jamais on ne m'a fait pareil présent.

Hubert sourit, délivré, satisfait.

— Mais je ne peux l'accepter.

Le visage du jeune homme se referma aussitôt.

— Comment ça ?

— Car vous le savez, je suis amoureuse de Charles. Nous sommes fiancés et nous allons bientôt nous marier, et puis…

— Et puis ?

— Et puis, vous ne désirez que posséder ce qui appartient déjà à votre frère.

— C'est faux ! Je n'ai que faire de Charles, c'est vous que je désire, que… j'aime.

— Ce n'est que la deuxième fois que nous nous rencontrons et déjà vous parlez d'amour. Avouez que la chose est un peu rapide.

— Car elle est sincère.

— La sincérité en amour s'inscrit dans le temps. Ce n'est pas un réflexe ou une pulsion.

— Donnez le sens que vous voulez à ces sentiments, mais ne niez pas leur existence.

— Je ne les nie pas, je les repousse. Je suis amoureuse de Charles et cet amour me suffit pleinement. Mieux encore, il m'est essentiel. Vous êtes un garçon intelligent, vous devriez comprendre cela.

— Il n'y a pas homme plus ennuyeux que Charles et vous voulez me faire croire que vous êtes amoureuse de lui ?

— Vous êtes son frère et vous ne le connaissez pas.

— Oh si, je le connais, et vous apprendrez vous aussi à le connaître.

— Reprenez votre bracelet et laissez-moi. Je dois à présent me changer.

— Réfléchissez, Aurélia : Charles n'est pas un homme pour vous. Moi, je vous offre une vie de passion, de folie…

— Sortez, s'il vous plaît !

Hubert reprit l'écrin qu'Aurélia lui tendait avec autorité. Son regard était dur, son visage fermé.

Le jeune homme n'avait pas l'habitude de se voir éconduit de la sorte et ce n'était pas la colère qui, à cet instant, le prenait. Il se sentait blessé, pris d'un malaise inconnu. Il tourna les talons et commença à sortir.

— Une dernière question, Hubert. Pourquoi détestez-vous tant votre frère ?

Sans même se retourner, il répondit :

— Vous n'avez qu'à le lui demander.

La porte claqua derrière lui.

Quand il quitta l'Opéra, l'embouteillage qui cernait le bâtiment était total. Aucune voiture ne bougeait. Une sorte d'amalgame de carrosseries et de piétons rendait toute progression impossible. Hubert aperçut Michel qui lui faisait de grands gestes. Lui aussi était prisonnier de cette non-circulation. La mine de son patron signifia au valet qu'il n'avait plus qu'à patienter tout seul. Au moins n'aurait-il pas à supporter sa colère et ses invectives. De toute manière, il ne pouvait pas voler, alors rester seul au lieu d'être enfermé avec ce fauve furieux demeurait un moindre mal.

Les pas d'Hubert le portaient en direction de l'avenue de l'Opéra sans qu'il en ait le contrôle. Que pouvait-il faire ? Marcher et ressasser la scène qu'il venait de vivre. Il n'était pas en colère, simplement triste. Son corps tout entier se resserrait. Son souffle avait du mal à trouver une issue. Que sa vie était misérable ! pensa-t-il. Elle ne se résumait qu'à un énorme gâchis, un échec global qui, depuis son enfance, avait grandi avec lui. Son regard s'attarda sur un jeune couple. Ces deux-là semblaient heureux, libérés de cette pesanteur qui le poissait tant. Le visage d'Aurélia lui revint. Il soupira. Il devait l'oublier, effacer ce sourire, l'arracher de son esprit, mais son image s'imposait à lui, plus nette encore.

Il devenait fou. Il se retourna en direction de l'Opéra. Elle se trouvait là, dans son écrin de pierres et de lumière, en train de se préparer pour rejoindre Charles. Il restait immobile, planté au milieu du trottoir. Il ne savait que faire. Revenir sur ses pas, s'excuser et rejouer la scène de l'amoureux transi, il y pensa, mais tout cela était ridicule, voué à l'échec.

Comme il croisait la rue Saint-Honoré, une voiture s'arrêta à son niveau. En un instant, il imagina qu'Aurélia s'y trouvait, rongée de remords de l'avoir aussi mal traité ; prête à se donner. Les moustaches de Michel le ramenèrent à une réalité moins romantique.

— Monsieur désire-t-il que je le ramène ?

Il hésita, désabusé. Sans un mot, il grimpa à l'arrière de la Packard.

— Le spectacle n'était pas bon ? se risqua à demander Michel.

— Le plus magnifique auquel j'aie assisté, et aussi le plus pathétique.

— Le plus pathétique ? Moi, tous ces trucs ampoulés m'ennuient. C'est toujours trop long et manque, à mon sens, de naturel. Un bon french cancan, ça, c'est du spectacle et puis…

— Bon, c'est fini les commentaires vaseux ?

— Comme monsieur le désire.

— C'est ça. Ramène-moi plutôt à la maison.

— Si tôt ? Monsieur est-il souffrant ?

— Monsieur va prendre le volant et te laisser là, si tu continues.

— Bien bien, à la maison. Je prends par Rivoli, ça devrait bien rouler.

— C'est ça et laisse-moi au 222.

— Monsieur a changé d'avis ?

— J'en ai encore le droit, non ?

— C'est vous le patron.

La voiture s'arrêta au niveau du 222, rue de Rivoli.

— Dois-je attendre monsieur ?

— Non. Tiens, prends ça et va te payer un cancan, et surtout, amuse-toi.

Hubert tendit quelques billets à Michel. Le chauffeur hésita à les prendre ; pas longtemps.

— Bonne nuit, monsieur, et encore merci.

Sans répondre, Hubert descendit de l'auto et s'engouffra dans l'immeuble.

Au premier étage, il frappa à la porte qui lui faisait face. Comme elle ne s'ouvrait pas, il frappa à nouveau, mais avec plus de force. Le bruit de la clef dans la serrure soulagea à peine son impatience. À travers la lumière de la porte entrouverte se dessina une silhouette. La légèreté de la soie qui l'enveloppait en soulignait la perfection. La jeune femme qui se tenait devant Hubert ne dépassait pas les vingt-trois ans. De grands yeux verts s'ouvraient sur un visage rond, encadré de cheveux blonds taillés au carré à la façon de celles que l'on nommait garçonnes. Le rouge de ses lèvres soulignait des dents blanches et parfaitement alignées.

— Hubert ?

— Tu attendais quelqu'un d'autre ?

— Non, bien sûr que non. Entre, je t'en prie.

Sans un mot, Hubert passa devant la jeune femme et vint s'installer dans un fauteuil Empire.

— Quelque chose ne va pas ?

— S'il te plaît, sers-moi un verre.

— Bien, alors quelque chose ne va pas. Hubert, il est tard. Si tu me disais ce que tu viens faire ici.

— Je viens te voir, Giselle. Ai-je besoin d'une raison pour ça ?

— Non, mais comme ça fait plus de quinze jours que l'on s'est vus…

— Eh bien voilà, maintenant on se voit.

Hubert ne cherchait pas à masquer sa contrariété. Il pensait toujours à Aurélia. Comme Giselle quittait la pièce pour aller chercher des verres, il jeta un œil distrait sur le guéridon.

Trois poupées de porcelaine s'en disputaient l'espace. Il secoua la tête en levant les sourcils. Ces poupées devaient représenter les derniers reliefs d'une enfance depuis trop longtemps quittée. Giselle était ce qu'on nommait avec beaucoup de pudeur une demi-mondaine. On la croisait dans toutes les soirées. Sa beauté et son énergie plaisaient aux hommes fortunés et aussi aux autres, pour peu qu'elle les eût fréquentés. Hubert était un de ses amants plus ou moins réguliers. Entre eux, une relation s'était nouée. Certes, il l'entretenait, mais n'ignorait pas que la jeune femme avait un sincère penchant pour lui. Elle lui avait déclaré un soir qu'elle l'aimait et qu'elle était prête à tout abandonner pour lui. À son accoutumée, Hubert avait souri et rejeté la proposition. Sa vie était trop confuse, trop brouillée pour l'arrêter dans une relation conventionnelle. À nouveau, il secoua la tête. La jeune femme réapparut avec deux verres de porto. Elle souriait. Il la regardait, le visage fermé. Il pensa à Aurélia. Giselle semblait fade, sans saveur. Pour la première fois, Hubert ressentait ce sentiment. En fait, il n'en ressentait aucun. Son regard froid coupa celui de la jeune femme.

— Que se passe-t-il, Hubert ? Je ne te plais plus ?

Hubert sourit, mais cette fois-ci ce sourire ressemblait plus à une grimace. Sans un mot, il plongea la main dans son manteau, se leva et lui tendit l'écrin rouge.

— C'est pour moi ? s'étonna Giselle. Je peux l'ouvrir ?

Toujours distant, Hubert secoua la tête.

— C'est magnifique ! s'exclama-t-elle. Tu es fou, mon amour ! Cartier, le joaillier des rois et des reines…

— Comme ça, pour une fois dans ta vie, on te prendra pour une reine.

À peine avait-il terminé sa phrase, qu'Hubert se dirigea vers la porte.

— Que fais-tu, tu ne restes pas ?

— Non. Bonsoir.

Sans même se retourner, le jeune homme disparut. Déjà ses pas résonnaient dans l'escalier. Giselle restait plantée là, au milieu de la pièce. Le noir de ses yeux dévala ses pommettes.

— Salaud… laissa-t-elle échapper en un sanglot.

En se rendant chez Giselle, Hubert désirait effacer d'un trait l'affront qu'il avait subi avec Aurélia. Il pensait que la beauté de Giselle suffirait à gommer celle de *la Monteverde*. Elle n'avait fait que la renforcer. L'image de la belle danseuse l'habitait tout entier. Il se sentait possédé, impuissant. Que pouvait-il faire ? Plus rien n'avait de saveur pour lui.

Dans le noir des arcades de la rue de Rivoli, il avançait sans but. Les images de sa vie défilaient : aucune ne lui plut ! Sa jeunesse passée dans un château de province sans véritable amour de ses parents, toujours à s'occuper de son frère aîné tellement brillant et lui, tellement dissipé… Faire tout de travers s'imposait à lui comme la seule façon d'agir, la seule manière d'exister… Le pensionnat ensuite, à l'École royale militaire de Sorèze, déjà l'uniforme et la discipline… Des études moyennes, les bringues, les filles et l'alcool… Plus tard, la mort de ses parents, un héritage et la guerre… Quel constat de médiocrité ! Ce résumé le déprima encore davantage. Aujourd'hui, le rejet d'Aurélia ne venait que s'ajouter à cette longue liste d'échecs. Il se sentait prisonnier, pris dans des habits trop étroits.

En s'approchant de la place de la Concorde, il s'arrêta de marcher. Que pouvait-il faire pour inverser son destin ? Il resta un instant immobile. L'idée de la mort l'effleura, lui offrant une issue réelle, mais il la rejeta aussitôt. Mourir comme ça, pour rien, lui paraissait dérisoire, vulgaire. Ce n'était pas une question de dignité, ni même de courage. Et puis, à quoi bon laisser un message que personne ne comprendrait ? Il demeurait trop lucide pour se suicider et surtout, pas assez désespéré. Non, il lui fallait trouver autre chose. Peut-être en quittant Paris, et même la France, se libérerait-il de ses démons ? Mais aller où et pour faire quoi ? Tout ce qui l'intéressait se trouvait ici, dans cette ville formidable. Non, s'il ne pouvait pas s'échapper, il devait combattre. Ses pensées le portèrent à nouveau vers Aurélia et il entrevit une solution. Écrire un livre, un beau roman, une lettre de quelques centaines de pages ne serait-il pas une déclaration digne de la belle ? Oui, il en était persuadé, sa nature réelle apparaîtrait sans fard ni pudeur. Elle comprendrait alors sa véritable personnalité. Cette idée lui redonna ce à quoi il aspirait le plus, l'espoir, et ce mot résonna dans sa tête. Il était presque délivré, satisfait. Il reprit plus confiant sa marche.

CHAPITRE V

Au réveil, le souvenir de sa soirée laissa à Hubert un goût amer. Il en oubliait presque son désir de se mettre à l'écriture. Il est des résolutions du soir que le matin ne tient pas toujours. Hubert demeura un instant le regard fixe devant lui. Cette colère, cette révolte qui l'habitait ne se calmait que rarement. Il ne pouvait s'en débarrasser ; elle faisait partie de son être. Elle s'était ancrée en lui et jamais ne le laissait. Quelle en était la véritable cause ? Il n'en savait rien. Une frustration lointaine, la guerre, ses contemporains… Ses origines devaient être diverses et tellement diffuses qu'il ne pouvait les mettre à plat et les occulter. De toute façon, elles ne l'intéressaient pas.

Aurélia vint danser devant lui. Il en demeurait certain, elle seule pourrait le sortir de ce tourment, même si, à ce moment, elle participait à l'alimenter. Rien n'était simple. L'idée du roman lui revint. Il ne servait à rien de tenter à nouveau sa chance avec les mêmes armes. Une attaque semblable à celle d'hier soir procurerait les mêmes effets. Il ne fallait pas perdre de temps, il devait se mettre au travail le plus rapidement possible. Le roman se trouvait dans sa tête. Il fallait à présent le coucher sur le papier ; mais l'animal se montrerait rebelle à se laisser domestiquer. Il lui faudrait encore beaucoup d'efforts et cette pensée le fit grimacer. *Aujourd'hui n'est pas un bon jour pour commencer un roman,* pensa-t-il. *Demain, je m'y mets et je ne m'arrête pas jusqu'au dernier mot.* Il n'était pas mécontent de sa décision. Il n'était pas dupe de sa lâcheté, mais au moins avait-il arrêté le moment ; enfin, le jour où il se mettrait au travail. Il resta satisfait. La journée commençait bien. D'un geste sec, il tira sur le cordon qui pendait le long du montant de son lit. Il lui fallait du café et une journée active pour perdre ses mauvaises pensées.

Une minute plus tard, Michel apparut dans la chambre avec le petit-déjeuner. Sa mine dénonçait une nuit courte et bien remplie. Hubert l'observa de la tête aux pieds. Son regard s'arrêta sur un bouton du gilet qui ne correspondait pas à la bonne boutonnière.

— La soirée a été bonne ?

— Admirable, monsieur, et je remercie monsieur pour sa générosité.

— Et côté bagatelle ?

— Un feu d'artifice… Il faut reconnaître que la voiture de monsieur est un sacré atout pour ce genre d'affaires.

— Très bien, tu m'en vois ravi. Comme il est encore tôt, je vais déjeuner dehors. J'espère que la voiture n'est pas trop…

— Que monsieur ne s'inquiète pas, elle est *nickel.*

— Quand tu auras remis ton gilet en ordre, tout sera parfait.

À cette heure, la terrasse de la Closerie des Lilas était bondée. Le soleil se détachait d'un ciel sans nuages. L'hiver faisait une pause. Hubert laissa son regard se poser sur chacun des clients. Il sourit. À une table un peu à l'écart, son ami Scott se trouvait en grande discussion avec ce jeune journaliste américain, Hem'. Ils semblaient ignorer le monde qui les entourait. Sans même faire attention au garçon qui venait vers lui, Hubert se dirigea sans détour vers les deux hommes. Le visage de Fitzgerald, qui lui faisait face, s'ouvrit d'un large sourire.

— Hubert, assieds-toi, nous n'en sommes qu'à l'apéritif.

Au centre de la table, un manuscrit dactylographié occupait l'espace laissé par les verres. Le regard d'Hubert se posa instinctivement sur le titre : *The Great Gatsby*.

— C'est mon dernier roman, ajouta Scott. Je voulais qu'Hemingway soit des premiers à le lire.

— Salut Hubert, ravi de vous revoir. C'est très bon, vous savez. Avec ce bouquin, Scott renoue avec la vraie littérature. Cet animal a un talent fou, j'en suis vert de rage.

— Salut Hem'. Alors c'est vrai, Scott, tu l'as enfin terminé, ce roman dont tu me parles depuis si longtemps !

— Pas si longtemps que ça, mais c'est vrai, il est terminé. Il ne me reste plus qu'à trouver un éditeur et quelques milliers de lecteurs.

— C'est si important ?

— Il faut bien vivre et mon coffre est vide. Assieds-toi. Georges, remettez-nous ça.

— Aurai-je la chance moi aussi de le lire ?

— Oui bien sûr, j'aimerais avoir ton avis. Je t'ai préparé une copie, tu me la rendras quand tu auras le temps.

— Pour les bonnes choses, j'ai toujours le temps.

— Tu m'as l'air en forme, Hubert, tu es presque beau.

Les trois hommes se mirent à rire.

— Je me suis engagé dans une corrida, déclara Hubert.

— Ah non, pas toi, les divagations d'Ernest me suffisent sans ajouter les tiennes !

Les yeux d'Hemingway brillaient à cette déclaration.

— Vous partez pour l'Espagne, Hubert ?

— Non, je reste à Paris. Voyez-vous, les amis, hier soir, je me suis fait éconduire de la plus belle façon par une belle…

— Ah oui, d'accord, coupa Ernest, désabusé.

— Si vous voulez, ses cornes ont entamé mon côté, le gauche, celui du cœur, mais la partie n'est pas terminée. Je compte bien porter l'estocade très bientôt.

— Tu veux la finir à l'épée ?

— Non, mais je vais écrire le plus beau des romans…

— Alors, ne lis pas celui-là, sinon ton moral va encore chuter.

— Vous voulez conquérir cette femme avec un roman ?

— Bien sûr, Hem'. Mon charme, ma classe folle et aussi le plus beau des bijoux n'y sont pas parvenus. Il ne me reste plus que mon talent.

— Et il en a, crois-moi, mais c'est le plus grand fainéant que j'aie jamais rencontré.

— Je ne sais pas, je n'ai rien lu de vous.

— Je ne suis pas fainéant, je suis dilettante, ce n'est pas pareil. Croyez-moi, les amis, aujourd'hui, je suis plus motivé que jamais !

— Pourvu que ça dure.

— Ça durera, Scott, crois-moi. L'enjeu est bien trop important.

— Je connais bien ce genre d'enjeu, j'en suis le pur produit. Mais c'est moi qui ai décroché la plus formidable des femmes.

— C'est vrai, Zelda est formidable, et très belle aussi.

— Une femme ? Vous semblez possédés, mes amis, s'étonna Hemingway.

— Vous n'aimez pas les femmes, Hem' ?

— Si, mais j'ai déjà la mienne.

— Moi, j'ai mes dettes, rajouta Scott, comme pour corriger sa défaillance.

— Messieurs, vous n'avez aucun sens du romantisme à la française.

— Nous sommes américains.

Hubert sourit. Il se sentait en bonne compagnie avec ces deux-là. Scott en particulier vivait dans un décor, dans les apparences tenues d'une vie flamboyante, mais derrière cette cloison creuse pointait une misère immense. Les verres se succédèrent avant que les premiers plats n'arrivent. Leur cercle était bruyant. Ils parlaient haut et fort. Autour d'eux, tout semblait sans vie, entendu.

— Messieurs, déclara Hubert, afin de solidifier le liquide que nous avons ingurgité, je vous propose de ce magnifique chevreuil.

— Depuis que nous sommes installés à cette table, tous nos voisins ont commandé ce plat, ton chevreuil doit ressembler maintenant à un squelette.

— Tu oublies qui je suis. Georges, nous allons prendre du chevreuil.

— Je suis désolé, monsieur, il n'en reste plus.

— Mon vieux, déclara Scott, je crois qu'on a oublié qui tu étais.

— Si j'avais été leur fournisseur, c'est un troupeau entier qui attendrait en ce moment en cuisine, rajouta Hemingway.

— Il nous reste encore du canard sauvage et une bonne pièce de sanglier.

— Bien, amène le tout et aussi une bonne bouteille de madiran.

— Monsieur ne préfère-t-il pas une bouteille de bourgogne ? Nous avons un très bon pommard.

— Un très bon pommard est un pléonasme, mon ami. Et de quelle année est ce nectar ?

— 1914, monsieur.

— Ce n'est pas l'année que je préfère, mais bon. Et puis comme entrée, rajoute-nous des écrevisses et des huîtres.

— Avec notre ami Hubert, ce qui est agréable, c'est qu'on mange toujours très bien. Hem', tu as beaucoup à apprendre de ce garçon.

— Oui, encore quinze jours de ce régime et je n'aurai plus assez de force pour grimper sur un ring.

— Allons, un peu d'enthousiasme, qui nous dit que dans quinze jours nous ne serons pas tous morts !

— Scott, ce genre d'enthousiasme me donne de l'appétit, répliqua Hemingway.

Le déjeuner se poursuivit dans l'après-midi. Les trois amis ne mesuraient le temps qu'au nombre de bouteilles vidées. On en était à présent au digestif. Le visage cramoisi, ils continuaient à discuter de choses diverses. La terrasse autour d'eux s'était dépeuplée et les ombres commençaient à s'allonger.

— Mais dites-moi, Hubert, vous autres les Français, vous mangez et buvez toujours autant ?

— Non, bien sûr que non, il nous arrive parfois même de respecter aussi le carême, mais il faut reconnaître que mon père et deux de mes oncles ont souffert de la goutte jusqu'à la fin de leur vie. Ils en sont sûrement morts d'ailleurs. Plus sérieusement, après la boucherie de la guerre, nos campagnes se sont dépeuplées et la faim tenaille le ventre d'une grande partie de la population.

— Ce repas n'est-il pas alors immoral ? demanda Ernest.

— Ce qui serait immoral serait de ne pas reprendre de ce cognac pour le faire glisser, répliqua Scott.

— Il a raison. Il ne faut jamais regarder dans l'assiette de son voisin, surtout si elle est vide. Dis-moi, Scott, si tu me parlais de ton roman ? De quoi s'agit-il ?

Scott porta le verre à ses lèvres, le vida d'une traite et le reposa délicatement. Il resta un instant silencieux. Son regard luisant d'alcool semblait chercher une réponse par-delà la terrasse. Ses doigts, le majeur et l'index, serraient le pied du ballon et le faisaient tourner sur la nappe. Hubert et Hemingway demeuraient attentifs, respectant cette parenthèse.

— Gatsby est un homme qui a fait fortune loin de New York. Comment ? Là réside son mystère. Il n'a qu'une idée en tête, retrouver son amour d'enfance, Daisy. Elle est issue d'une vieille famille riche. Lui pas.

Hubert ne put s'empêcher de sourire à ce préambule. Il connaissait bien Scott et ses démons, ce complexe vis-à-vis des gens bien nés. Pour lui, ils enterraient le rêve américain. Il leur en voulait, les méprisait tout en demeurant fasciné par eux. Ce conflit le minait. Le Français, quant à lui, ne se sentait que très peu concerné. Il y avait bien longtemps que le côté moral de l'effort récompensé l'avait quitté.

Scott poursuivit :

— Mais la jeune femme est mariée.

— Comment ça, elle ne l'a pas attendu auprès du feu en lui tricotant des chaussettes ?

— Non, Hubert, elle ne l'a pas attendu, mais appartient toujours à cette riche société de la côte est. Lui, malgré sa grande fortune, n'en fait pas partie. Son but est de la conquérir. Les fêtes qu'il organise sont grandioses, l'alcool y coule à flots et ses cadeaux sont somptueux. Tous ces gens qui le méprisent se pressent à sa propriété de Long Island, mais au milieu de cette foule de courtisans hypocrites et superficiels, Gatsby se sent seul, terriblement seul. Au fond, il a créé un personnage d'apparences, de lumière qui doit occulter sa part d'ombre et de mystères. Seul un de ses convives, Nick, plus lucide que les autres, arrive à déceler en lui l'homme caché, celui qui possède une véritable grandeur et une profondeur certaine.

— Je me trompe ou ce Gatsby te ressemble ?

Scott sourit, mais son sourire était triste.

— Francis, tu devrais abandonner tous ces démons, ils finiront par t'emporter.

— Les tiens sont-ils plus respectables, Hubert ?

— Non, tu as raison. Au fond, nous sommes des minables, un peu flamboyants, mais des minables tout de même.

— Je dirais plutôt des désespérés, intervint Ernest.

— Voilà, reprit Hubert, des minables désespérés. Je me demande pourtant comment tout cela va se terminer !

— Lis mon roman et tu le sauras.

— Je le lirai, même si je suis certain qu'il se termine mal.

— C'est merveilleusement écrit et les atmosphères y sont décrites avec la précision du plus grand des peintres.

— Merci, Hem'… Mais doit-on rester pour autant le gosier sec ?

— Je ne sais pas de quoi est mort Gatsby, mais toi, c'est sûrement l'alcool qui t'emportera.

Les trois amis rirent bruyamment, et ces éclats avaient une résonance particulière. Parler ainsi de leur mort n'avait rien de tragique. Ils avançaient vers elle avec une lucidité déconcertante. Ils ne luttaient pas, ils l'encourageaient. Ils avaient raté une grande partie de leur vie, ils l'avaient construite sur des frustrations, des échecs, des révoltes. Leur monde idéal s'était effondré. Que restait-il ? Seul le jeune Hemingway semblait un peu habité d'espoir, et encore… Que cherchait-il vraiment à travers ses fantasmes d'homme fort face au danger absolu ? La mort aussi. Il n'y rajoutait qu'une dose supplémentaire de panache et de romantisme machiste.

La lumière devenait plus pâle et le bleu du ciel plus profond. Les journées étaient courtes en cette saison. Que leur importait !

— Connaissez-vous l'histoire du *Hollandais volant* ? lança Hubert.

— Ce n'est pas ce type qui est condamné à vivre éternellement sur son rafiot ? répondit Hemingway.

— Oui, c'est ça.

— J'en ai aussi entendu parler. Mon vieux, un gars qui traîne sa misère et ses fautes éternellement, ça ne doit pas être drôle tous les jours. Pourquoi nous parles-tu de ça ?

— Je me demandais si ce n'était pas cette misère qui nous maintenait la tête juste au-dessus de l'eau. Nous ne cherchons pas à l'effacer vraiment. Nous cherchons seulement à l'apprivoiser.

— Foutaises ! Nous, comme lui, sommes condamnés.

— La différence, c'est que lui n'éprouve aucun plaisir.

— Tu as raison, levons nos verres à ce *Hollandais*. Qui sait, peut-être qu'un jour, il finira par atterrir et que nous trinquerons tous les quatre ensemble !

Ernest et Hubert reprirent :

— Au Hollandais volant !

Un bruit de moteur d'automobile détourna leur attention. Une portière claqua et une silhouette de femme prise dans un large manteau de fourrure apparut. Elle s'avançait vers le groupe attablé. Le teint pâle de son visage et une chevelure blond foncé accentuaient la dureté de son regard. Ses yeux noirs fusillaient les trois hommes. Un, en particulier, servait de cible privilégiée. Avant que le tir se fasse mots, il prit les devants :

— Zelda, mon amour, il ne manquait que toi. ! Cette réunion est à présent idéale.

— Scott, ça fait plus de trois heures que je t'attends au bar du Ritz et je te retrouve là, en train de te pochetronner.

Les hauts talons de ses escarpins avaient du mal à coller au dallage de la terrasse.

— Je constate que tu n'as pas, toi non plus, perdu de temps, ma chérie.

Voulant désamorcer une querelle qui, il le savait, pouvait prendre des proportions incroyables, Hubert intervint :

— Zelda, faites-nous l'honneur de pouvoir accueillir à notre table la plus belle femme de Paris.

— De Paris seulement ?

— De la Terre entière, Zelda. Quel homme assez sot saurait vous refuser ?

— Cet animal de Scott. Nous devions déjeuner ensemble. Je ne sais pas pourquoi il s'est levé aux aurores…

— Onze heures, mon amour, onze heures… Je voulais présenter mon roman à notre jeune ami…

— Ton jeune ami, *ta petite fée*…

De toute évidence, Zelda n'appréciait pas Ernest. Sans doute trouvait-elle qu'il commençait à prendre trop de place dans la vie de Scott.

— Je suis persuadée que vous deux, vous ne faites pas que lire des bouquins ensemble.

Hubert ne put s'empêcher de sourire. Imaginer Hemingway et Fitzgerald en train de flirter, l'un habillé en dandy et l'autre en boxeur, le fit éclater de rire.

— Ça vous fait rire, Hubert ? Peut-être participez-vous, vous aussi, à ce genre de partie ?

— Non, je vous assure que je n'ai jamais été invité.

— Hubert, je t'en prie, intervint Scott. Zelda, tu as trop bu. Comment peux-tu imaginer des choses pareilles ?

Hemingway ne disait plus un mot, soufflé devant ces insinuations. Sa virilité exacerbée en prenait un coup. Il restait là, mortifié, sa main droite crispée sur son verre.

— Pourquoi alors m'abandonner ?

— Je te l'ai dit, j'étais impatient de présenter mon roman à mes amis. Je comptais rentrer plus tôt.

— Ton roman… Tiens, voilà ce que j'en fais, de ton roman !

Le prenant de sa main gantée, elle le jeta violemment à l'autre bout de la terrasse. Même hystérique, Zelda demeurait très belle et élégante. Sans un mot, Scott se leva et alla ramasser le manuscrit. Il ne cherchait pas à combattre cette humiliation, ni même à se révolter.

Sans doute en éprouvait-il un plaisir pervers. Les deux autres se sentaient gênés. Zelda exagérait. La jeune femme profita de l'éloignement forcé de son mari pour prendre la chaise vide. Elle était tout sourire.

— Vous savez que certains des passages de son *Gatsby* sont de moi ? Non, ça, vous ne pouvez pas l'imaginer… Le grand Fitzgerald recopiant des pages entières des carnets intimes de sa femme…

— C'est faux, tu le sais bien, lança Scott de l'autre bout de la terrasse.

— Vous êtes toujours aussi beau, Hubert, déclara Zelda sans se soucier de son mari en train de rassembler les pages éparpillées.

Les yeux de la jeune femme se plantaient sans détour dans ceux du Français.

— Je fais ce que je peux.

— Et je suis sûr que vous le faites très bien.

— Dites, si vous voulez faire l'amour tout de suite sur la table… lança Scott.

— Pourquoi, ça pose un problème ?

— Bien, si l'on prenait un dernier verre. Que prenez-vous, Zelda ? demanda Hubert.

— Je ne déteste pas le Tom Collins.

— Georges, un Tom Collins pour Mme Fitzgerald.

— Un quoi ?

— Un Tom Collins, un doigt de gin…

— Long, le doigt, rectifia Zelda.

— Donc, un long doigt de gin, un plus petit de jus de citron, une cuillère de sucre et de l'eau gazeuse.

— Entendu, je vous amène ça tout de suite.

Le silence s'installa. Après l'esclandre de Zelda, nul n'osait parler. Elle semblait vouloir se calmer. Ils aimaient tous cette femme avec son caractère trempé au gin. Ils la savaient brillante et ses excès faisaient partie du personnage. Il n'y avait rien à retrancher.

— Alors, comment trouvez-vous le roman ? Il est bon, n'est-ce pas ?

— Superbe, se risqua Hemingway, c'est le meilleur que j'aie lu.

— N'en rajoutez pas trop, Ernest, mais c'est vrai, vous avez raison, il est excellent.

— Je n'ai pas eu le temps de le lire.

— Toujours occupé à courir les femmes ? piqua Zelda.

— Non, figure-toi qu'il est amoureux.

En disant cela, Scott se rapprochait de la table en tenant bien fort son manuscrit contre sa poitrine.

— D'une seule femme ? Croyez, Hubert, que j'en suis désolée pour vous. L'amour n'est pas une sinécure.

— Nous sommes pourtant heureux, mon amour ? rajouta Scott.

— Merveilleusement !

En disant cela, Zelda paraissait sincère ; et elle l'était. Son sourire était large, généreux et le noir de son regard se fit affection. Ces deux-là se trouvaient liés par une force que nul ne pouvait expliquer. Tout en eux n'était qu'excès, folie, rien ne leur était impossible. La seule véritable ombre sur ce couple hors normes demeurait sans doute le manque d'existence littéraire de Zelda. Elle se sentait étouffée par le talent et la popularité de son mari. Elle en souffrait. Ce sentiment justifiait à lui seul sa colère passée. Elle avait tenté de reprendre la danse, mais ses absences minaient Scott qui la voulait pour lui seul.

Le Tom Collins arriva. Zelda l'observa un instant d'un œil méprisant.

— Goûtez, Zelda, il ne vaut peut-être pas celui du Ritz, mais Georges a un sacré coup de shaker.

Sans répondre à Hubert, Zelda porta le verre à ses lèvres carmin et avala une gorgée. Tous se taisaient, attendant le verdict. Allait-elle faire un esclandre, crier au scandale ou le siroter tranquillement comme une petite fille bien sage ?

— Il n'est pas mal. Je comprends mieux à présent pourquoi vous venez vous cacher dans cet endroit.

— Nous ne nous cachons pas, mon amour, nous avions juste à discuter. Le temps est passé un peu trop vite.

— Je suis morte de faim, allons déjeuner.

— Déjeuner ? Je viens de manger la moitié d'un sanglier, un colvert et une bonne douzaine d'écrevisses et d'huîtres, je ne peux plus rien avaler.

— Débrouille-toi, mon amour. Tu n'avais qu'à garder une petite place. Allons-y, ici, il fait un froid de canard !

Zelda se leva d'un coup. Elle faisait un effort pour ne pas trop tanguer sur ses talons hauts. Avec un temps de retard, les trois hommes firent de même. Hubert porta ses lèvres à la main de la jeune femme.

— Tu vois, Scott, il y a des manières que tu n'auras jamais. Ne fais pas cette tête, je t'aime et le reste n'a aucune importance. Allons-y.

— Salut Hubert, salut Hem' ! Désolé de vous quitter comme ça.

— Ne t'en fais pas, Scott.

En voyant s'éloigner cet étrange couple, on ne savait pas trop qui tenait l'autre. Ces deux-là s'imbibaient d'alcool plus que de raison ; surtout Zelda.

— Quelle heure est-il, Hem' ? s'inquiéta Hubert.

— Bientôt cinq heures.

— Bon sang ! Et on est bien mercredi ?

— Je crois, oui.

— J'allais presque oublier. J'ai un rendez-vous que je ne peux manquer. Si vous voulez, vous pouvez m'accompagner.

— Boire encore ? Là, je crois que je ne peux plus.

— Il ne s'agit pas de cela. Accompagnez-moi. Je crois que ça vous intéressera.

Hemingway hésita, puis déclara :

— De toute manière, je ne suis pas dans la capacité d'aller travailler. J'espère que ce n'est pas un rendez-vous galant ?

— Non, ne vous inquiétez pas.

Hubert abandonna un paquet de billets sur la table et se dirigea vers le boulevard. Hemingway, avec un peu de difficulté, le suivait.

— Vous savez, Hubert, en ce moment je n'ai pas trop de moyens, pour l'addition, je…

— Laissez tomber, Hem', je ne sais pas ce que c'est d'être pauvre. Pour moi, l'argent n'a aucune importance. Taxi !

Sans perdre un instant, les deux hommes s'engouffrèrent à l'arrière de l'auto.

— Dites-moi, Hem', qu'est-ce que c'étaient ces allusions de Zelda entre vous et Scott ?

— Oh, rien d'important ! J'ai fait un voyage de Lyon à Paris avec Scott pour ramener la voiture du couple. En fait de voyage de plaisir, Fitzgerald n'a pas cessé de se plaindre. Il a même cru qu'il allait mourir d'une congestion, mais Zelda est persuadée que nous avons passé du bon temps durant ces deux jours. Elle ne supporte pas d'être séparée de son mari. Elle pense qu'il en profite pour s'amuser sans elle.

— Elle est un peu particulière, en effet.

— Elle boit surtout trop. Elle vampirise ce pauvre Scott. Chaque fois qu'il se met au travail, elle se débrouille pour le déranger. Je pense que, sans elle, il aurait déjà achevé plusieurs chefs-d'œuvre.

— Mais sans elle, sans doute n'en aurait-il réalisé aucun.

— Vous avez sûrement raison.

— Ces deux-là forment une alchimie unique. Ils se construisent aussi assurément qu'ils se détruisent et nous, nous ne sommes que les témoins. Nous n'avons rien à faire dans leur vie ; ni personne d'ailleurs.

— Je crois aussi que Zelda éprouve une réelle frustration.

— Comment ça ?

— Elle écrit et, d'après Scott, elle a beaucoup de talent…

— Et alors ?

— Alors, elle se sent étouffée par le succès de Scott et, d'une certaine manière, elle lui en veut.

— Cela expliquerait pourquoi elle l'empêche de s'épanouir complètement dans l'écriture.

— C'est possible.

— Sans doute lui en voudrait-elle moins s'il la trompait avec une maîtresse.

— Je ne crois pas, non. Si elle apprenait qu'il avait une liaison, on le retrouverait bientôt le crâne fracassé. De toute manière, Scott m'a avoué un soir qu'il n'avait connu qu'une seule femme dans sa vie.

— Vous me faites marcher ?

— Non, il était sincère, ce soir-là. Il m'avoua une autre chose…

— Oui ?

— Zelda n'arrête pas de lui dire que, de toute façon, avec son sexe, il ne pourrait jamais rendre une autre femme heureuse.

— Comment ça ?

— Elle lui a mis dans la tête que son sexe était ridiculement petit. J'ai dû le traîner dans les toilettes du bar pour lui prouver le contraire.

— Vous avez comparé vos…

— Que vouliez-vous que je fasse ? Il semblait tellement désespéré.

— Et le verdict ?

— Sexe tout à fait normal !

— Mais lui avez-vous dit que le plus important c'était en érection ?

— Je lui ai dit, mais aussi que là, c'était son problème.

— Je comprends.

Hubert ne pouvait s'empêcher de sourire. Il reprit :

— Remarquez, le stratagème est plutôt adroit. Affirmer que Scott ne pourra jamais satisfaire aucune autre femme à cause de la taille de son sexe est habile de la part de Zelda.

— Surtout si l'on sait qu'il n'a connu qu'elle.

— Et vous croyez vraie cette histoire de passages du *Gatsby* empruntés ?

— Pourquoi pas ? Quoi qu'il en soit, c'est un bon bouquin.

— En tout cas, cela me conforte dans l'idée de demeurer célibataire.

— Je suis très heureux avec ma femme.

— Que voulez-vous, personne n'est parfait !

— Si vous me disiez plutôt où nous nous rendons.

— Soyez patient, nous sommes presque arrivés.

CHAPITRE VI

Le taxi s'arrêta devant ce qui semblait être un hôtel particulier. Hemingway leva les yeux sur la façade de pierres brunes.

— Un hospice ? Que venons-nous faire ici ?

— Payer une dette, enfin une partie. Venez !

Sans rien rajouter, Hubert et Hem' avalèrent les marches du perron et s'engouffrèrent dans la bouche obscure du bâtiment. Dans le long couloir aux murs délavés, à peine éclairé, les silhouettes blanches des infirmières passaient tels des fantômes. Au sol, les dalles luisantes renforçaient l'impression de froidure. L'endroit était sinistre. Les deux hommes se sentaient mal à l'aise, étrangers.

— Allez-vous me dire ce que nous faisons dans un endroit pareil ? demanda Hemingway.

— Soyez patient, mon ami. Ah, voici la plus belle, sœur Angèle.

— Ne me dites pas que vous courtisez une bonne sœur, Hubert !

— Ne soyez pas ridicule, Hem', même si celle-ci est ravissante. Dites-moi, sœur Angèle, quand allez-vous enfin quitter les ordres afin que je puisse vous épouser ?

L'infirmière ne dépassait pas les vingt-cinq ans. Son visage rond aux pommettes bien dessinées s'éclaira du plus beau des sourires. Ses yeux émeraude pétillaient, même si ses paupières trop souvent baissées en interdisaient le jardin.

— Monsieur d'Arzacq, quel plaisir de vous voir !

Sa voix était douce et claire.

— Quand verrai-je enfin vos cheveux ? Je les imagine d'une beauté tout à fait remarquable et doux comme la soie.

— Taisez-vous, vil tentateur !

— Tenez, je vous ai apporté une boîte de chocolats, des pralinés, ceux que vous préférez.

— Il ne faut pas. Vous savez que je ne résiste pas à ce genre de gourmandises et c'est péché d'y succomber.

— Il y a tellement d'autres tentations auxquelles j'aimerais vous soumettre, sœur Angèle.

Le pourpre monta aux joues de la jeune nonne. À nouveau, elle baissa le regard. Avec une rapidité et une précision remarquables, elle cacha la boîte de chocolats dans les habits larges de son uniforme.

— Heureux chocolats… déclara Hubert avec gourmandise, comme j'aimerais être à leur place !

Hemingway n'en revenait pas. Le Français l'avait fait venir ici seulement pour qu'il soit le témoin de sa cour à une infirmière... et bonne sœur de surcroît. *Quel drôle de type*, pensa-t-il. *Décidément, cette guerre avait dérangé pas mal d'esprits.*

— Allez, dépêchez-vous, il est tard et les heures de visites vont bientôt se terminer ! Suivez-moi, messieurs.

Les deux hommes lui emboîtèrent le pas et s'avancèrent un peu plus dans le couloir.

— Elle est charmante, n'est-ce pas ?

Ernest ne répondit pas, se contentant de lever les yeux au plafond blafard.

Arrivés devant une porte affichant le numéro 12, sœur Angèle déclara :

— Faites vite, messieurs, sinon je vais me faire disputer par la mère supérieure.

La lumière du jour finissant baignait la petite chambre. En son milieu, un lit aux barreaux de fer constituait, avec une table de chevet, l'unique mobilier. Les murs jaune passé teintaient de tristesse l'endroit. Assis dans le lit, un homme maigre, d'une trentaine d'années, le regard dans le vide, attendait Dieu seul sait quoi. À la vue des visiteurs, son visage à nouveau habité de vie s'éclaira. Ses joues cuivrées, creusées de profondes rides, s'ouvrirent sur un franc sourire. Ses yeux noirs se mirent à briller.

— Mon Lieutenant, que je suis heureux de vous voir !

— Mohamed, arrête de m'appeler lieutenant. Ça fait six ans que la guerre est finie.

— Je sais, mais pour moi, vous restez mon Lieutenant. Que je suis heureux de vous voir ! répéta-t-il.

— Comment vas-tu, mon ami ?

— Ça va. Les journées sont longues, mais ça va.

— Et ta nouvelle prothèse ?

— C'est pour moi une nouvelle jambe. Excusez-moi si je ne peux pas me lever, mais ils me l'ont retirée pour la régler, je crois.

— Ne t'excuse pas, Mohamed, c'est moi qui suis en retard. Je crains que nous ne puissions pas nous promener dans le jardin comme je te l'avais promis.

— Ce n'est pas grave, mon Lieutenant. Et ce monsieur, c'est un de vos amis ?

— Oui, Hemingway est un Américain.

— Les Américains nous ont beaucoup aidés à mettre les Boches dehors.

— Oui, tu as raison, Mohamed, ils y ont mis un grand coup.

— Mohamed, ravi de faire votre connaissance, déclara Hemingway, un peu gêné. Vous êtes d'Algérie ?

— Non, de Kélibia, en Tunisie, au bord du cap Bon. Là-bas, la terre est fertile… On y fait pousser toutes sortes de légumes et le poisson ne manque pas. Un beau pays en vérité.

— J'ai une bonne nouvelle, Mohamed, la semaine prochaine, tu retournes en Tunisie. J'ai pris tes billets de train pour Marseille et pour le bateau qui te mènera à Tunis. Tu n'as plus long à patienter à présent.

À ces mots, deux grosses larmes dévalèrent les joues creuses du Tunisien.

— Ne m'en veuillez pas, mon Lieutenant, c'est la joie ! Je vais enfin revoir ma femme et mes trois enfants ; ça fait si longtemps.

Le cœur des deux visiteurs se serrait. Ils ne savaient que faire. Ils demeuraient là, plantés, embarrassés.

— Je leur ai écrit, ils t'attendent, rajouta Hubert.

Hemingway l'observait du coin de l'œil avec un sentiment d'admiration. Au fond, ce type si superficiel ne l'était pas complètement. Il révélait à cet instant une noblesse que tous ses titres ne pouvaient lui donner.

La jeune sœur fit son entrée.

— Dépêchez-vous, monsieur d'Arzacq, la mère supérieure arrive et les heures de visite sont terminées.

— Nous y allons, sœur Angèle. Mohamed, nous sommes obligés de te quitter. Surtout, porte-toi bien. Tu n'as plus long à attendre maintenant.

— Au revoir, mon Lieutenant et encore merci pour tout le bien que vous faites. Soyez en sûr, Allah se souviendra de vous et je le prierai chaque jour qu'il me prêtera !

— Ne perds pas ton temps, Mohamed, ce ne sont pas des prières qui pourront me sauver.

— Ne dites pas ça, monsieur d'Arzacq. Je prierai moi aussi pour vous, ajouta sœur Angèle avec un regard qui se voulait sévère.

— Vous voulez faire de moi un saint ou quoi ? C'est entendu, priez pour moi, mais je vous préviens, il y a du travail.

— Revenez me voir avant mon départ, mon Lieutenant.

— C'est entendu, Mohamed, je te le promets. Repose-toi bien.

— Au revoir Mohamed. Je vous souhaite beaucoup de bonheur pour votre retour chez vous.

— Merci. Qu'Allah vous protège vous aussi !

Hubert et Hem' quittèrent la pièce en adressant un dernier salut de la main à l'homme alité.

Une fois dans le couloir, ils croisèrent le regard sévère de la mère supérieure. Le Français la salua en inclinant la tête et en lui adressant un sourire qui se voulait plus ironique qu'aimable. Sur le perron de l'hospice, la jeune sœur rejoignit les deux visiteurs.

— Une fois que Mohamed nous aura quittés, viendrez-vous nous voir de temps en temps, monsieur d'Arzacq ?

Déjà son visage prenait le rouge de la culpabilité. Elle appréciait ce jeune homme turbulent, toujours prêt à la taquiner, à lui faire des compliments que ses vœux lui défendaient de recevoir.

Elle éprouvait des sentiments diffus, rejetés derrière son choix exclusif de vie. En sa compagnie, elle se sentait femme.

— Je reviendrai vous apporter des pralinés, jolie Angèle. Peut-être un jour me ferez-vous la grâce de m'accompagner en dehors de cet endroit sinistre et dans des habits plus à propos ?

— N'y comptez pas, monsieur… Mais je vous attendrai chaque semaine.

À peine avait-elle terminé sa phrase, qu'elle disparut derrière la porte.

— Vous êtes un vil corrupteur, Hubert, ajouta en rigolant Hemingway. Mais, vous êtes tout de même un chic type.

— Je ne crois pas, non.

— Allons, cessez de jouer ce petit numéro avec moi ! Je vous ai bien observé tout à l'heure dans la chambre. Là était votre véritable nature.

— Vous ne savez rien, Hem'. Je ne fais que réparer à moindres frais une faute immense.

— Expliquez-vous.

— On est allé chercher Mohamed et tous ces pauvres gars aux confins de l'Empire en leur faisant croire que leur patrie était en danger. Une fois en Europe, on les a traités comme de la chair à canon, sans aucune considération pour leur sacrifice. Ceux qui ne sont pas morts, on les a renvoyés chez eux avec une médaille et une tape sur l'épaule. Avant ça, ils ne savaient même pas que Verdun ou la Marne existaient, et que leur importait d'ailleurs que des

Allemands ou des Autrichiens en prennent possession, cela ne les aurait pas dérangés dans leur quotidien…

— Vous avez sûrement raison. Mais qu'est-ce qui vous lie à Mohamed ?

— Mohamed… Il était mon ordonnance. Un sacré bonhomme, pas très épais, mais courageux et débrouillard comme pas deux. Le pire est qu'il se sent certainement plus Français que moi. J'ai reçu la Légion d'honneur et lui, il a perdu sa jambe droite… Pour répondre à votre question, Hem', je suis le seul responsable de sa misère.

— Comment ça ?

— Le jour où il a perdu sa jambe, enfin le jour où on la lui a volée, c'est moi qui devais lancer l'assaut. Je l'entends encore me dire : *Mon Lieutenant, je ne vous quitte pas, je reste juste à côté de vous pour vous protéger*… Tu parles… Je suis sorti le premier de la tranchée avec mon revolver à la main et je me suis mis à courir en hurlant. Je n'aurais pas dû faire plus d'un mètre tant la mitraille adverse était serrée, mais bon, le sort en a voulu autrement. J'ai entraîné dans ma course plusieurs dizaines de gars effrayés, tous très jeunes… La plupart ont été fauchés à peine leur tête avait-elle dépassé les sacs de sable de la tranchée. Les autres, comme moi, couraient droit devant eux sans même savoir ce qu'il fallait atteindre. Au bout d'une centaine de mètres, j'ai atterri dans un trou rempli d'eau et de boue. La tranchée allemande ne se trouvait qu'à une foulée de moi, mais vous me croirez ou non, sur la centaine d'hommes du départ, nous n'étions plus que quatre ou cinq de valides. Les autres gisaient éparpillés entre ma position et notre ligne, la plupart morts ou hurlant de douleur. J'étais responsable de tout ça.

— Pourquoi ?

— Parce que c'est moi qui avais déclenché cette attaque absurde.

— Vous en aviez l'ordre ?

— Oui, et je l'ai exécuté, comme tous ceux qui m'ont suivi.

— Vous savez très bien que si vous aviez refusé d'exécuter cet ordre, on vous aurait fusillé.

— Sûrement… Mais l'homme, dans sa vie, n'a-t-il pas toujours le choix de dire non ou oui ? N'est-ce pas l'essence même de l'homme de pouvoir choisir ?

— Et Mohamed ?

— Le malheureux gisait à quelques mètres derrière moi, déchiqueté par un obus. J'entends encore ses hurlements… C'était affreux. J'ai voulu lui porter secours, mais dès que ma tête dépassait de mon abri, elle servait de cible aux mitrailleurs boches. Il a fallu que j'attende la nuit pour pouvoir ramper vers lui et le ramener à notre tranchée. Il avait perdu connaissance, si bien que je ne savais pas si je ramenais un cadavre ou un homme encore en vie.

— Et ensuite ?

— Ensuite, il a été transporté vers l'arrière et je n'ai plus entendu parler de lui jusqu'à il y a six mois.

— Mais la guerre est terminée depuis six années !

— Je le sais bien. Je le croyais mort depuis longtemps quand, un matin, j'ai reçu un étrange message m'annonçant que Mohamed se trouvait dans un hospice militaire de la banlieue. Je m'y suis tout de suite rendu, choqué par la nouvelle. Ah, mon ami, vous ne pouvez pas vous imaginer le spectacle horrible que sont ces mouroirs d'anciens combattants ! En fait, comme Mohamed était demeuré longtemps intransportable, on l'avait abandonné sur un lit en attendant sûrement qu'il crève. Les rapatriements de ces combattants vers les colonies avaient déjà eu lieu, mais lui en avait été oublié. Un jour, il s'est enfin décidé à citer mon nom et c'est ainsi qu'on m'a retrouvé. Je l'ai sorti de cet asile sordide et ramené dans cet hospice plus décent.

— Et c'est vous qui en assurez les frais ?

— Oui, et ce n'est pas grand-chose, croyez-moi. Je lui ai aussi fait fabriquer la meilleure prothèse de jambe qui existe pour qu'il puisse enfin remarcher.

— Je suppose que vous avez contacté sa famille en Tunisie.

— Oui, je leur ai appris qu'il était toujours en vie en joignant à chacun de mes courriers un peu d'argent.

— Vous m'apparaissez sous un nouveau jour, Hubert.

— N'en croyez rien, Hem', les humains ne m'intéressent toujours pas. J'ai simplement voulu racheter ma faute, effacer quelques cauchemars de mes nuits.

— Je ne vous crois pas.

— Ça n'a aucune importance. Je vous ramène ?

— Non, je vais faire le chemin à pied, je ne suis pas très loin de chez moi et j'ai encore le déjeuner à digérer.

— Comme vous voulez. Alors à bientôt.

— À bientôt, Hubert.

— Une dernière chose Hem', ne parlez pas de cette histoire, elle ne concerne personne.

— Et puis, on pourrait se faire une bonne opinion de vous… Comptez sur moi, Hubert. *Bye.*

CHAPITRE VII

Paris, avril 1925

Les jours rallongeaient, le printemps s'installait. Paris baignait dans une lumière claire et un air plus doux. Les silhouettes dans les rues se faisaient plus distinctes, moins pressées.

— Ça y est, mon passage en enfer est terminé.

Derrière son bureau, Hubert redressait la tête. Il semblait ravi, ou au moins satisfait. Son regard s'attarda sur le paquet de feuilles gribouillées devant lui. Il venait d'y apposer les trois lettres qui achevaient son travail de trois mois. Au fond, il n'aimait pas écrire. Chaque mot, chaque phrase lui étaient arrachés comme s'il se séparait d'une partie de lui-même. Les idées ne lui manquaient pas, mais les coucher sur le papier devenait une véritable douleur. Son roman était achevé et il s'en trouvait soulagé. Pourtant, un vide commença à l'envahir. La lutte était terminée, mais déjà le champ de bataille lui manquait. Il ne pouvait l'expliquer.

Michel lui apportait le troisième café de la matinée, car, chose incroyable, il n'était encore que onze heures.

— Monsieur fait-il une pause ?

— Oui et je pense de plusieurs années.

— Monsieur veut dire que son bouquin est terminé ?

— Il ne manque plus qu'à le taper.

— Je rajoute alors une larme de calva dans le café ?

— Non, je vais sortir. J'espère que le monde ne m'a pas oublié.

— Ne vous en faites pas pour ça. Qui pourrait vous oublier ? Vous allez retrouver vos maîtresses toujours la bouche ouverte et vos amis, la main tendue.

— Tu as sûrement raison. Je me suis enfermé durant trois mois dans cette pièce sans pratiquement sortir et personne ne s'est soucié de mon absence. Je suis vraiment seul.

— Vous connaissez le dicton, il vaut mieux être seul que mal accompagné.

— J'emmerde le dicton, je préfère l'amour à l'onanisme.

— Je vous croyais misanthrope.

— Oui, mais qu'est-ce un véritable misanthrope s'il vit seul et reclus ?

— Je ne sais pas… Je sais à peine ce que veut dire misanthrope, alors…

— Je vais te le dire. Pour détester vraiment le genre humain, il faut le fréquenter, se mêler à lui, sentir ses odeurs, écouter ses élucubrations, ses délires, se fondre en lui. Vivre en dehors serait pure philosophie et je n'en ai pas l'âme.

— Vous avez certainement raison, même si je ne comprends pas du tout ce que vous dites.

— Ça n'a aucune importance, contente-toi de préparer mes affaires.

— Dois-je aussi préparer la voiture ?

— Non, je sors à pied.

— On aura tout vu ! fit Michel en secouant la tête de dépit.

— File, à présent.

En se regardant dans la glace de la salle de bains, il constata la blancheur de son visage et aussi combien il avait maigri.

— Mon vieux, il est temps que tu te reprennes en main, tu ressembles à un cadavre ! Quelle folie, ce bouquin, et je ne sais même pas s'il est bon. Il a intérêt à l'être, parce que gâcher autant de temps et d'énergie n'a pas de sens.

Au fond, il ne regrettait rien. Ces mois passés à écrire lui avaient fait oublier un peu Aurélia, même si c'était bien elle qui l'avait ainsi cloîtré. Son esprit occupé s'évadait du monde trop réel. Le souvenir de la belle ne le torturait plus, au contraire, il le portait. Il devenait presque idéal. Il en demeurait persuadé, ce bouquin allait lui ouvrir le cœur. Elle allait enfin comprendre qui il était. En deux mois, elle aurait sans doute pris conscience de la véritable nature de Charles.

Durant toute sa vie, son frère avait toujours été devant lui. C'était son aîné ; ses anniversaires étaient toujours plus beaux que les siens ; excellent élève, il n'avait jamais dû partir en pension…

Toute son existence avait été comparée à celle de son frère présenté comme modèle… Il ne le supportait pas… À bien y réfléchir, Charles avait toujours été le premier en tout et lui, bon dernier, le mouton noir de la famille. C'était à peine si ses parents faisaient attention à lui… C'est naturellement Charles qui avait repris les affaires familiales et les faisait fructifier. Il n'était pas un mois où il ne déposait un brevet, car le bougre était en plus un excellent ingénieur. Le fils parfait en somme… Pendant la guerre, alors que lui se démenait dans la bouillasse des champs de bataille, monsieur, lui, survolait le tout dans son avion de chasse.

— Les aviateurs m'ont toujours agacé avec leur superbe. Toujours propres… Une fois leur mission terminée, ils rentraient tranquillement à l'arrière, siroter un bon alcool et faire de bons mots. Beaucoup sont morts, c'est vrai, mais bien moins que ceux qui se trouvaient dans les tranchées.

Au fond, il en voulait à son frère d'avoir réussi sa vie et d'être heureux. Rien ne lui semblait impossible. Une difficulté se présentait, il l'analysait, la cernait et la résolvait inéluctablement. Lui, Hubert, ne s'était bâti que sur des frustrations, des révoltes improductives. Charles était raisonnable, pondéré, travailleur et il avait réussi à séduire une femme aussi exceptionnelle qu'Aurélia. C'était injuste !

Il ferma les yeux un instant, pour chasser ces mauvaises pensées. Aujourd'hui était un jour nouveau, il se voulait optimiste. Son frère n'allait pas lui gâcher sa renaissance.

Sur le trottoir, il ne sut très bien quelle direction prendre. Comme le parc Monceau lui ouvrait les bras, il décida de le traverser. Les verts étaient jeunes et vifs et les fleurs explosaient leurs pétales colorés. L'air sentait bon. Ce parc était un peu sa campagne, pas trop grande, bien tenue et toute proche. Lui ne rêvait pas d'espaces immenses comme son ami Hem', ce petit coin de verdure lui suffisait amplement. La campagne de son enfance l'ennuyait, il ne savait jamais quoi y faire. C'était toujours trop grand. Les forêts, les prairies, les montagnes, les odeurs, tout y était excessif. Au fond, il n'aimait pas du tout la campagne, il la trouvait trop naturelle.

À la sortie du parc, il ne savait toujours pas où aller. Il resta un instant planté sur le trottoir, son manuscrit sous le bras. Il ne désirait pas se rendre tout de suite chez son éditeur – il n'avait pas même pris rendez-vous – non, il voulait encore profiter de la journée. Un taxi passa, il le héla. Les réflexes demeuraient.

— À la Closerie.

Avec un temps pareil, la terrasse devait être agréable, il y retrouverait certainement des amis. Son humeur se maintenait toujours bonne alors qu'à travers la vitre il observait la ville défiler. Les femmes étaient jolies et fraîches, tout allait bien. Sur sa droite, rue Royale, la façade de chez Maxim's le fit sourire de satisfaction. *Ils doivent me croire mort*, pensa-t-il. La traversée de la Concorde se fit avec difficulté à cause de la circulation. Comme dans un immense collecteur d'égout à ciel ouvert, la place recevait en son milieu toutes les voitures qui arrivaient de ses quatre coins. Elles venaient s'y encastrer et commençaient au pas leur ronde autour de l'obélisque. Oui, à bien y réfléchir, cela ressemblait à un immense siphon un peu bouché, avec en plus les aboiements des chauffeurs et le hurlement des cornes et des klaxons.

Il finit par arriver à la Closerie ; le boulevard Montparnasse n'avait pas trop mal roulé. À sa surprise, la terrasse était vide. Il s'assit à une table et commanda un demi. Il appréciait la douceur de l'air et la caresse du soleil sur son visage. Son regard se posa sur la statue du maréchal Ney qui semblait toujours prêt à faire le coup de feu. Une voix dans son dos le sortit de ses rêveries.

— Ça faisait longtemps que l'on ne vous avait pas vu, monsieur !

En se retournant, Hubert eut du mal à masquer sa surprise.

— Georges… Mais que t'est-il arrivé ? Où est passée ta moustache ?

— Mon patron ne la supportait plus, elle ne faisait pas assez moderne. Moderne ! Il faudra que l'on m'explique ce que cela veut bien dire.

— Sans doute ta moustache de dragon rappelait trop le temps de la guerre.

— Mais bon sang, on l'a tout de même gagnée cette foutue guerre, non ?

— Oui, enfin surtout ceux qui ne l'ont pas faite.

— Vous étiez malade ?

— Non, convalescent, maintenant ça va tout à fait.

— À la bonne heure ! Voici votre demi.

Hubert remercia le serveur et trempa sans plus attendre les lèvres dans la mousse de la bière. Elle était fraîche et légère comme il l'aimait. Tout allait bien. Son œil glissa sur la couverture de son manuscrit, il n'y avait pas encore de titre. *On écrit plus de deux cents pages et on a un mal de chien pour trouver une seule phrase qui termine le tout*. Il sourit. Au fond, il se fichait pas mal du titre, il finirait bien par arriver, ce n'était pas l'essentiel. Comme il n'avait rien à faire, il se mit à lire son roman. Chaque soir, il avait relu le passage qu'il avait écrit dans la journée, mais c'était la première fois qu'il le lisait dans son intégralité. Il s'y plongea avec une curiosité gourmande. Pendant ce temps, la terrasse se remplissait un peu, mais toujours personne qu'il connaissait en vue. Il en éprouva de la satisfaction. Un livre, pour être bien apprécié, doit se lire d'un trait, cul sec. Il ne sert à rien de le mâchouiller durant des jours et des semaines, car on en perd la substance même. Il en avait dévoré, des livres, quand il était plus jeune, et il affectionnait plus particulièrement les auteurs russes, même s'il les savait trahis par une traduction toujours approximative.

La journée s'avançait, ponctuée par les pages tournées. Ce n'était pas un long roman et sa lecture se faisait facilement. La dernière feuille avalée, Hubert demeura un instant les yeux dans le vague. Il ne savait plus rien. Toute sa passion pour Aurélia se trouvait emprisonnée dans ces pages. Il se sentait vide, ou plutôt délivré, comme si ses sentiments ne l'habitaient plus vraiment. Il se força à penser à elle, mais quelque chose avait changé, il n'éprouvait plus cette douleur diffuse. Il avait tellement sué durant ces deux mois que la fièvre semblait l'avoir quitté.

— Mais, je ne me trompe pas, c'est bien Hubert que je vois là !

Devant lui se tenait la silhouette maigre de François.

— On te croyait mort, mon vieux !

— Non, j'agonisais seulement. Assieds-toi.

— Merci. Georges, un verre d'absinthe.

— Tu devrais arrêter de boire cette cochonnerie, elle va finir par te tuer.

— Si la guerre ne l'a pas fait, je ne vois pas ce qui pourrait me tuer. C'est un roman ? Je peux y jeter un coup d'œil ?

— Non. Et ta peinture ?

— Oh, un type m'a acheté une bonne partie de mes tableaux.

— C'est bien.

— Oui… Cet abruti n'a choisi que les peintures que je n'aimais pas ! Remarque, ça débarrasse et ça me permet de payer mon loyer et de mieux manger.

— Et de boire.

— Ah non, pas toi, tu ne vas pas me faire la morale. On dirait que tu as changé.

— Je viens de relire mon roman.

— Ah oui, mais ça, il ne faut pas ! Moi, mes tableaux sont entassés dans une soupente et ils n'en bougent plus. Quand l'autre bourgeois les a sortis, j'en avais honte. Il faut dire que j'étais à jeun, ça m'a déprimé pour la journée. Cela dit, lorsque j'ai vu les billets, ça allait beaucoup mieux. Mon vieux, la cuite que je me suis prise, tu aurais dû voir ça !

— Oui, ça devait être fascinant.

— Et durant tout ce temps où on ne t'a pas vu, tu étais à Paris ?

— Oui, la plupart du temps chez moi et quand je sortais, je ne fréquentais pas les mêmes endroits.

— Super ! À ta santé.

— J'ai redécouvert une musique formidable. Un soir, à Montparnasse, je suis entré par hasard dans un cabaret. Un groupe de musiciens noirs américains y jouaient une musique particulière, très rythmée, vivante. Ils appellent ça du jazz.

— Je connais. C'est pas mal, mais je préfère la java, c'est plus tactile. On te voit ce soir ?

— Je ne sais pas encore.

— À propos, tu te souviens, la bonne femme qu'on avait vue au café de la Paix, la dernière fois, la danseuse, là… Mais oui, tu sais, tu avais l'air tout chose…

— Aurélia Monteverde ?

— Voilà. Eh bien, elle s'est mariée, figure-toi.

— Mariée ?

— Oui, j'ai lu ça dans un canard, il y a quelques jours. Avec un type qui porte le même nom que toi. C'est drôle, non ?

Hubert resta un instant sans rien dire. Son frère n'avait pas perdu de temps. Et lui, pauvre idiot qui perdait le sien à écrire un roman pour séduire la belle. Il se sentait humilié, ridicule.

— Eh, Hubert, ça va ? À propos, de quoi parle ton roman ?

— De rien.

— Le vide, s'enthousiasma François, voilà l'idée ! Je devrais me mettre à peindre des tableaux monochromes, une couleur, une seule, ou peut-être même aucune.

— Comme ça, tu ne perdrais pas ton temps à nettoyer tes pinceaux.

Cette phrase s'échappa de lui sans intonation. François riait, mais lui demeurait fermé, ailleurs. Il ne ressentait plus rien.

— Ça fait du bien de rigoler, hein ? Tu bois autre chose ?

— Non, je vais y aller.

Hubert se leva et commença à s'éloigner. François le rappela :

— Hubert, tu oublies ton manuscrit ! Un vide de deux cents pages, ça serait dommage.

Hubert ne répondit pas et quitta la terrasse. Il s'engagea sur le boulevard en direction de Montparnasse. Il ne savait que faire. Il ne se posait même pas la question, il avançait. Il marchait presque malgré lui. Pourquoi tout ce qu'il construisait s'effondrait ? Le mot raté s'imposa à lui. Que pouvait-il faire, à présent qu'il n'avait plus de moteur pour avancer ? Cette fois-ci, il touchait le fond. Sa vie n'avait vraiment aucun sens.

En passant devant Le Dôme, il décida de faire une halte, de se recharger, de rallumer la chaudière. Le ronronnement des clients se trouvait déchiré par les aboiements des serveurs qui se démenaient en salle. Une fois assis, il commanda un double cognac, puis un autre et encore un troisième. La vie commença à l'habiter. Les idées lui traversaient la cervelle, il lui fallait les contenir, les mettre en place s'il ne voulait pas perdre la raison. *Bon, une femme mariée n'est pas encore une femme perdue*, se disait-il. *Là, ils sont heureux, mais ça ne durera pas, il suffit de se tenir en embuscade… Et puis, qu'ai-je à faire de cette bonne femme ? Ce n'est pas la seule au monde… Rien que dans mon carnet, j'en ai de plus belles et de moins farouches… Non, Charles, cette fois-ci, tu ne vas pas me pourrir la vie, je ne suis plus un petit garçon… Il aurait pu m'inviter, je suis encore son frère… Je vais aller les voir et leur présenter mes félicitations. Ils vont comprendre à qui ils ont affaire. L'indifférence, voilà l'arme qu'il faut utiliser. Je suis sûr que ça va les emmerder… Devant une telle réaction, ils ne sauront plus quoi faire… Après, il me suffira d'attendre, en bon beau-frère idéal…*

Il se mit à rire et vida d'un seul trait le ballon de cognac qui se trouvait devant lui. Il abandonna quelques billets sur la table, se leva et se dirigea sur le trottoir. Là, il héla un taxi et s'y engouffra.

— À Saint-Cloud.

Hubert s'avançait dans l'allée principale qui menait à la maison de son frère. Autour de lui, un joli jardin anglais reprenait des couleurs avec le printemps. Cette demeure cossue du siècle précédent se situait sur les hauteurs de Saint-Cloud. Plus il s'avançait, plus les effets de l'alcool s'estompaient. Son pas se fit moins volontaire. Il ne savait plus très bien ce qu'il faisait là. En passant devant le jardin d'hiver, il jeta un coup d'œil pour voir si la nouvelle Mme d'Arzacq ne s'y trouvait pas. Personne, il devait poursuivre. Il finit par arriver devant la porte. Il hésita à sonner ; il ne se sentait pas bien à l'aise. Après quelques minutes, la porte s'ouvrit.

— Bonjour, monsieur Hubert.

— Bonjour, Raymond.

Raymond était le maître d'hôtel de son frère. C'était un solide Berrichon, avec tout de même une certaine classe.

— Dites-moi, Raymond, est-ce que mon frère ou madame sont ici ?

— Comment, monsieur n'est pas informé ? Monsieur et madame sont partis hier matin pour Marseille d'où ils embarqueront pour une croisière autour de la Méditerranée.

— Je pensais qu'ils ne partaient que demain matin.

— Monsieur aura mal compris.

— C'est ça, j'ai confondu un peu les dates.

— Monsieur ne veut-il tout de même pas entrer ?

— Non non, j'étais juste passé souhaiter bon voyage à mon frère et à Aurélia, enfin, madame.

— Très bien… On ne vous a pas vu au mariage !

— Non, j'étais souffrant. À bientôt, Raymond.

Hubert prit le chemin du retour. Il ne savait plus quoi penser. *Une croisière, ce n'est pas trop long, et puis, dans un bateau, aussi grand soit-il, la promiscuité force à se dévoiler tel qu'on est vraiment, avec ses petites manies et ses défauts quotidiens... Je ne lui laisse pas trois jours enfermée avec Charles pour se rendre compte combien il est ennuyeux. Et puis, Charles a le mal de mer... C'est parfait comme idée de voyage de noces...*

Il n'était pas trop mécontent de ces dernières nouvelles. Il ne ressentait plus vraiment la même passion pour Aurélia, mais il sentait bien qu'un jour ou l'autre il la *« récupérerait »* ; enfin, bien sûr si, entre-temps, elle n'était pas devenue trop vieille ou trop moche.

CHAPITRE VIII

Ce matin-là, le réveil se fit à treize heures et ce ne fut pas par l'odeur du café que la nouvelle journée fut annoncée. Michel se tenait devant le lit et racla sa gorge à plusieurs reprises.

— Oui, qu'est-ce qu'il y a ?

— Un visiteur pour vous, monsieur.

— Qu'il aille au diable ! Dis-lui de repasser.

— Comme monsieur voudra.

Michel commença à quitter la pièce.

— Qui est-ce ?

— Un monsieur américain, Heming quelque chose, je n'ai pas trop retenu son nom.

— Hemingway ? Dis-lui de patienter un peu, j'arrive.

Michel souriait, il venait de trouver le mot magique pour tirer son patron du lit, même si ce mot magique était pour lui imprononçable.

Quand Hubert retrouva Hem' dans le salon, l'Américain buvait une tasse de café. Il semblait à l'aise et détendu. Le Français, quant à lui, paraissait sortir d'une tranchée de 1916. Ses traits épais dénonçaient une nuit courte, un sommeil agité. Ses yeux étaient gonflés et le cheveu rebelle.

— Hubert, j'espère que je ne vous dérange pas !

En disant cela, Hemingway déployait son corps massif et s'avançait en direction de son hôte. Les mains se serrèrent comme à chaque fois avec beaucoup de force.

— Ne vous inquiétez pas, Hem', c'est toujours un plaisir de vous voir, et puis mes rêves n'étaient pas satisfaisants. Michel, un café, s'il te plaît. Alors, que me vaut votre visite si…

— Matinale ?

— C'est-à-dire qu'hier, j'ai eu une soirée un peu chargée.

— Je comprends.

Les deux hommes prirent place dans les fauteuils Empire qui se faisaient face.

— Je suis venu vous voir pour vous rapporter quelque chose.

— Ah bon, et quoi donc ?

— Il y a quelques jours, Georges, le serveur de la Closerie m'a donné ce qui semblait être un manuscrit. Il m'a dit que vous l'aviez oublié et, comme vous n'êtes plus revenu, il m'a demandé si je pouvais vous le remettre.

— Ah oui, le manuscrit…

— Je me suis permis de le lire. C'est très bon, vous savez. Quand je pense qu'il a failli servir pour emballer le poisson…

— Vous avez trouvé ça bon ?

— Excellent même ! Vous êtes un bon écrivain, Hubert.

— Mouais…

— Non, sans blague, et j'ai pris l'initiative de le taper moi-même à la machine. Il faut absolument qu'il soit publié.

— Vous croyez vraiment ?

— Sans aucun doute.

— Vous savez, ce bouquin fait déjà partie de mon passé, qu'il soit publié ou non m'importe peu. À présent, il ne sert plus à rien…

— Si vous êtes d'accord, je le porterai moi-même à un éditeur.

— Pourquoi feriez-vous ça, Hem' ?

— Parce que d'abord j'ai passé toute une nuit et une matinée à le taper, et ensuite parce que c'est vraiment bon.

— Comme vous voulez, vous me direz combien je vous dois.

— Il ne s'agit pas de cela, même si je reprendrais bien de cet excellent café.

— Je le fais venir du Brésil, c'est le meilleur.

— Vous au moins, vous savez vivre.

— Façon de parler… Pour le manuscrit, faites comme vous voulez, moi ça m'est égal.

— Je l'amènerai dès cet après-midi.

— Vous êtes un chic type, Hem'.

Michel revenait avec un lourd plateau en argent où se trouvaient une cafetière et deux tasses. Les deux hommes se regardaient sans rien dire.

— Qu'êtes-vous devenu pendant tout ce temps, Hubert ?

— Pas grand-chose, j'ai écrit ce fichu bouquin… Je suis très peu sorti et seulement dans des endroits inhabituels. Ça m'a permis de découvrir vraiment cette musique qui vient de chez vous, le jazz. Je la connaissais, mais jamais je ne l'avais réellement écoutée.

— C'est une musique formidable !

— Et j'adore aussi ces filles qui dansent le charleston, le black-bottom.

Les deux amis se mirent à rire.

— Avez-vous des nouvelles de Scott ? demanda Hubert.

— Un peu… Son *Gatsby*[1] est sorti mais n'a pas fait le succès qu'on croyait. Je pense qu'il en est affecté. Il ne le montre pas trop, mais je suis persuadé qu'il est plus touché qu'il ne veut le montrer.

— C'est normal, c'est un écrivain, un vrai. Et Zelda ?

— Elle ne s'arrange pas trop. Elle rend la vie de plus en plus difficile à ce pauvre Scott. On lui prête même une aventure avec un

---

[1] FITZGERALD Francis Scott, *The Great Gatsby*, Scribner, New York, 1925.

aviateur français. Depuis, Scott ne la quitte plus ou la tient enfermée dans leur appartement. Question alcool, ça ne va pas mieux non plus.

— C'est un couple de maudits. Ils n'existent que dans l'excès et la destruction. Un jour, ça va mal se terminer.

— Je le pense aussi. Avez-vous des nouvelles de Mohamed ? Est-il retourné en Tunisie ?

— Oui… J'ai reçu dernièrement une lettre, il est très heureux. Il vous envoie le bonjour, d'ailleurs.

— C'est un brave type, je suis content pour lui. Un jour, il faudrait lui rendre visite. Je connais le Moyen-Orient, mais pas l'Afrique du Nord.

— Pourquoi pas ? Un jour peut-être.

— *Inch'Allah* ! Bien, je vais y aller, j'ai hâte de présenter votre bouquin à l'éditeur.

— N'y perdez pas trop de temps tout de même. À propos, il faudra que vous me fassiez lire vos contes, un de ces jours.

— La prochaine fois qu'on se verra, je vous en amènerai quelques-uns.

— C'est entendu, alors à ce soir.

— Ce soir ? D'accord.

— Nous irons manger des fruits de mer, vous aimez ?

— J'en raffole.

— Alors, rendez-vous chez Lipp. Venez avec votre épouse, si vous voulez.

— Avec Hadley ? Pourquoi pas, vous verrez, elle est charmante.

— Je n'en doute pas une seconde.

Hemingway déploya sa large stature et se leva d'un coup. Il dépassait Hubert d'une bonne tête.

— Vous êtes vraiment bien installé, et ce Picasso est une pure merveille.

— C'est vrai, il est magnifique. Je vous le ferai rencontrer, je suis certain que vous vous entendrez bien.

— Ce serait un véritable honneur.

— Revenez quand vous voulez, Hem', pas trop tôt le matin, mais revenez, vous êtes ici chez vous !

Une fois Hemingway raccompagné, Hubert jeta un coup d'œil à travers la vitre : le printemps s'habillait de giboulées et de noir. Il grimaça et se dirigea vers sa chambre où il se recoucha. *Que faire de plus ?* se dit-il. Il avait sommeil et n'avait envie de rien.

Quand il pénétra dans la brasserie, Hubert trouva Hemingway et sa femme déjà attablés. Ils discutaient devant un verre de vin blanc, côte à côte sur une banquette de cuir brun. Ils semblaient heureux et très complices. Comme ils ne l'aperçurent pas tout de suite, le Français s'attarda un instant à les observer. Il trouvait ce couple ravissant : Hem' et Hadley tenaient dans leurs sourires le bonheur simple des gens amoureux. Ils étaient jeunes et beaux, protégés du monde qui les entourait. Il eut des scrupules à s'approcher de leur table, comme si sa présence risquait de faire éclater la bulle dans laquelle ils se tenaient.

— Désolé pour le retard.

— Ce n'est rien, ça ne fait pas longtemps que nous sommes arrivés. Hadley, je te présente Hubert.

Le visage entier de la jeune femme semblait irradier. Hubert lui baisa la main et le pourpre lui monta aux pommettes.

— Méfie-toi d'Hubert, c'est un authentique aristocrate français et aussi un véritable prédateur pour le genre féminin !

— N'en croyez rien, madame ! Et puis, je ne voudrais pas trop me frotter aux poings de votre mari, on le dit excellent boxeur.

— Asseyez-vous, nous vous attendions devant un sancerre bien frais.

— Un très bon choix.

Hubert, après s'être débarrassé de son manteau, prit place face au jeune couple.

— Je vous ai apporté mon dernier recueil de contes et de poèmes édité, *Three Stories and Ten Poems*[2].

— Et aussi le premier, rectifia avec humour Hadley.

---

[2] HEMINGWAY Ernest, *Three stories and ten poems*, édition privée, Paris, 1923.

— Oui, tu as raison… Vous me direz ce que vous en pensez.

— Et vous ne comptez pas écrire un roman, Hem' ?

— Si, mais je passe tellement de temps à rédiger mes nouvelles que je ne me sens pas réellement d'attaque pour un roman.

— C'est idiot, tout le monde dit que vous avez du talent, ne le gâchez pas.

— Je ne cesse de lui dire, mais ses nouvelles et ses contes sont formidables, vous verrez.

— En lisant le *Gatsby* de Scott, mais aussi votre roman, je me suis décidé à me lancer. En fait, ça fait déjà quelques mois que j'ai commencé à en définir les grandes lignes. J'ai même démissionné du journal.

— Un choix très courageux, mais ça ne m'étonne pas de vous. Mais n'allez-vous pas à l'encontre de difficultés financières, surtout avec un enfant ?

— Et un chat, rajouta Hadley.

— Et un chat.

— Nous sommes jeunes et terriblement heureux… Et puis, c'est dans les difficultés que se révèlent les êtres humains ! Pardonnez-moi, Hubert, je ne pensais pas à vous en disant cela.

— Ne vous excusez pas, Hem', et pour ce qui est des difficultés, j'ai moi aussi mon lot. Vous avez tous deux de magnifiques couleurs !

— Oui, nous sommes allés à la montagne, dit la jeune femme. La neige a quelque chose de magique, en tout cas c'est bien moins déprimant que la pluie à Paris.

— Vous avez raison. Vous êtes très beaux et allez merveilleusement bien ensemble.

Hemingway prit sa femme par les épaules et déposa sur sa joue un baiser.

— Merci Hubert.

— Avant toute chose, nous allons commander un immense plateau de fruits de mer. L'amour est important, mais si le ventre n'est pas flatté, le cœur n'est pas tout à fait libre.

— Je te l'avais dit, mon amour, Hubert est un homme qui sait vivre.

— Richard, faites marcher un plateau de la mer avec ce que compte de meilleur la cuisine, et aussi trois douzaines de Marennes.

— Bien, monsieur d'Arzacq.

— Vous semblez, Hubert, être connu partout où vous vous rendez ?

— C'est le privilège de ceux qui n'ont rien d'autre à faire dans leur vie. Il faut bien remplir, et de façon la plus agréable possible, la distance qui nous sépare de la mort.

Hadley fronça les sourcils.

— Ne vous inquiétez pas, parler de la mort n'est pas forcément l'appeler ! Et puis, après la présentation que votre mari a faite de moi, j'ai une réputation à tenir.

— Celui du riche épicurien désabusé ? demanda Hadley.

— C'est ça. La superficialité est un art, vous savez, et il faut, comme tout art, la travailler quotidiennement.

— Je suis certaine que ce n'est qu'un rôle que vous jouez.

— N'en jouons-nous pas tous un ?

— *Tatie* et moi sommes très heureux et ce n'est pas du bluff.

— Ça, j'en suis persuadé, il n'y a qu'à vous regarder.

— À propos, j'ai bien déposé votre manuscrit à l'éditeur.

— Ah oui… J'attendrai un peu pour vous remercier.

— Ayez confiance en vous, Hubert. Vous verrez, ça marchera bien.

— Et si vous me parliez de votre roman. Comment se nomme-t-il ?

— À vous, je peux en parler… Mais bon, il n'est pas encore terminé, je n'en suis qu'au début, à l'ébauche même.

— Allons, Hem', ne faites pas votre timide.

— Bon, le titre sera sûrement, enfin en français, *Le soleil se lève aussi, The Sun Also Rises*[3]…

[3] HEMINGWAY Ernest, *The Sun Also Rises*, Scribner, New York, 1926.

— Pas mal, et de quoi parle-t-il ?

— Bien…

Hemingway avait du mal à se libérer, comme si toute son âme allait se dévoiler. Après ce temps d'hésitation, il se lança :

— Mon roman traite ou plutôt traitera de ce mal-être qui habite tous ces Américains que l'on rencontre en ce moment à Paris. Ces hommes et ces femmes, véritables fruits de la guerre qui dérivent de bringue en bringue, de café en café…

— J'en connais quelques-uns en effet.

— Oui… Un des personnages, Jake, a été castré à la guerre…

— Aïe !

— Une morsure de la mort… C'est aussi le symbole du désarroi qui habite tous ces jeunes gens. Ils ont beau brûler leur vie, ils n'arrivent nulle part, ils tournent en rond, parés seulement de leur élégance… Leur passion est vaine, stérile… Enfin, voilà, je n'en suis qu'au début, il me faut encore du temps pour regrouper tout ça.

— En tout cas, voilà une bonne interprétation de la *génération perdue* si chère à notre amie Gertrude Stein. Il me tarde de m'y plonger.

— Je crains que vous ayez à attendre un peu. Mais vous avez raison, cette génération d'après-guerre semble bien perdue, même si la précédente, avec ses grands principes, ne vaut guère mieux en définitive.

— Exact, Hem', il est préférable d'être perdu que savoir trop bien où on va. Nos pères en sont la preuve la plus tangible. Ils nous ont envoyés au casse-pipe avec une détermination et une certitude qui, à bien réfléchir, font froid dans le dos. Ah, les huîtres ! Elles au moins n'ont pas tous ces états d'âme.

Le dîner se poursuivit dans la bonne humeur. Hubert appréciait vraiment ce jeune couple heureux. Il incarnait un instant de pureté. Hadley se montrait intelligente et réellement charmante. Elle pétillait, elle était vivante. Elle ne faisait pas partie de ces personnages décrits par Hemingway, superficiels et désespérés. Un jour, il faudrait qu'il se trouve lui aussi une femme comme ça, pensa-t-il, mais il n'était pas encore le temps où il se sentirait capable de s'immoler au brasier de l'amour. Le spectacle en demeurait cependant plaisant.

Quand le trio sortit de chez Lipp, Hubert n'eut pas de mal à entraîner ses amis un peu plus loin sur Saint-Germain. Leurs esprits s'étaient échauffés au vin blanc et la gaîté les porta vers un de ces cabarets où jouait un orchestre de jazz.

La fumée épaisse qui s'échappait par la porte ouverte ne les repoussa pas. Ils furent vite avalés par le rythme affolant de la musique. Jamais auparavant Hubert n'aurait pensé être aussi charmé par une musique de trompette et de tambour. Mais celle-là n'avait rien de militaire ou de martial. Elle éclaboussait de bonheur tous ceux qui l'entendaient. Sur une petite estrade en hauteur, quatre noirs américains, sûrement des anciens GI abandonnés sur le vieux continent après la victoire, se déchaînaient sur cette musique nouvelle qui ne ressemblait à aucune autre. Devant, en contrebas, de jeunes femmes aux jupes courtes et frangées suivaient ce rythme dans un déhanchement exquis. Leurs jambes soyeuses se relevaient régulièrement sur le côté, marquant de la manière la plus délicieuse le tempo.

Une blonde en particulier attira le regard d'Hubert. Elle lui rappelait la silhouette de Giselle. Qu'était-elle devenue depuis ce soir où il s'était conduit comme un goujat ? *Rien, sans doute, comme d'habitude*. Quelques larmes avaient certainement coulé sur le coup, mais le bracelet de diamants avait dû vite sécher le tout. Cette blonde l'attirait. Un bref coup d'œil sur le couple Hemingway lui fit renoncer à son attaque. La soirée était agréable et il voulait que cela dure. Il les rejoignit sans regret et s'attabla avec eux. Il se sentait bien, détaché de ses vieux démons.

— Alors ? demanda-t-il avec fierté.

— Cet endroit est incroyable, déclara avec enthousiasme Hadley, on se croirait dans un club de la Nouvelle-Orléans.

— Je suis ravi que cela vous plaise. Je commande trois whiskies ?

— Moi, corrigea la jeune femme, je préfère continuer avec le vin blanc.

— Vous avez raison, il est des mélanges qui parfois ne sont pas bons.

— Le whisky me va, déclara avec un large sourire Hemingway.

En se retournant pour commander, le regard d'Hubert se posa à nouveau sur les hanches de la danseuse blonde. Hadley le regardait du coin de l'œil.

— Elle est jolie cette fille, non ? dit-elle avec malice.

— Très, confirma Hubert.

— Pourquoi ne pas l'inviter à notre table ?

— Hadley, s'il te plaît.

— Laissez, Hem'. Vous désirez sans doute voir le loup prendre le pas sur l'aristocrate aimable et courtois.

— Je serais en effet curieuse de le voir dans toute sa splendeur.

— Désolé, mais ce soir, j'ai laissé mes crocs au vestiaire.

— Dommage…

— Je vais vous dire, Hem', vous avez une femme formidable !

— Je sais, Hubert, je sais.

— Alors, buvons à votre amour, dit Hubert en attrapant un verre du plateau du serveur.

— À nous trois et à Paris ! rectifia Hemingway.

À une table, un peu éloignée de la leur, un groupe d'Américains faisaient eux aussi la fête. Hubert les observa un instant. Ils étaient jeunes et détachés de toute convention. Il repensa à la *génération perdue* et au thème abordé par Hemingway dans son prochain roman. Tous ces jeunes gens venus à Paris pour vivre les dernières respirations de la vieille Europe, attirés aussi par un change intéressant, semblaient vouloir échapper à l'emprise de la société américaine, connaître le mythe de la bohème. Illusion sans doute, car les réveils se montraient souvent douloureux. Alors la nuit revenait et, avec elle, l'oubli et l'insouciance. Ce tourbillon ne menait pas loin, et chaque soir d'excès effaçait un peu plus la réalité.

— Vous les connaissez ? demanda Hubert.

— Certains.

— Vous voulez les rejoindre ?

— Non, répondit Hem', je connais tous leurs trucs.

— Comme vous voulez. Un autre whisky ?

— Un autre !

La nuit se poursuivit jusqu'à l'aube, et même un peu plus, et lorsque Hubert quitta ses deux amis devant l'immeuble où ils vivaient, au 113, rue Notre-Dame-des-Champs, il s'étonna :

— Vous vivez dans une scierie ?

— Non, déclara en rigolant Hemingway, juste au-dessus. Merci pour la soirée, Hubert, c'était très agréable.

— Réellement, ajouta Hadley, venez un soir à la maison, je ne vous promets pas un aussi beau plateau de fruits de mer, mais…

— Ne vous inquiétez pas, ça sera avec plaisir que je viendrai. Bonne nuit, enfin, dormez bien.

Hubert rejoignit à l'arrière d'un taxi son domicile proche du parc Monceau et, pour une fois, le matin naissant ne lui faisait pas peur.

CHAPITRE IX

Paris, juillet 1925

Et puis l'été devint une réalité.

Il s'installait confortablement sur Paris avec ses journées interminables et cette chaleur qui colle aux murs des immeubles.

Hubert essuya son front humide du revers de la main. Toute action devenait une épreuve et il s'en voulait déjà d'avoir quitté la fraîcheur de son appartement. À cette heure de la journée, les rayons du soleil empalaient les rares passants qui osaient les défier. Ils étaient peu nombreux, réfugiés pour la plupart chez eux ou dans les brasseries, et il regrettait déjà de ne pas avoir suivi ses amis sur la côte basque. L'archiduc Dimitri y célébrait son mariage avec sa danseuse, et la capitale s'était vidée de ses *bringueurs* les plus fidèles. Le clocher de Saint-Sulpice annonçait midi, la rue de l'Odéon semblait pentue comme jamais. Il désirait acheter un recueil de poèmes de Thomas Stearns Eliot et le déguster tranquillement dans l'après-midi. La librairie n'était plus loin. Encore quelques pas et il y serait.

La fraîcheur de la boutique le soulagea. Elle se mêlait à l'odeur de vieux papiers et du cuir des couvertures. Ce n'était pas désagréable. La clochette de la porte avait annoncé son entrée et, comme le propriétaire n'apparaissait pas, Hubert s'attarda dans un rayon en particulier. Devant lui s'alignaient les tranches rouge et or teintées de bleu pâle de la collection complète de Jules Verne dans son édition originale Hetzel. Il sourit et se replongea en un instant dans sa jeunesse. Toutes ces histoires avaient peuplé ses rêves d'enfant d'aventures et d'exotisme. Il faudrait qu'un jour il les relise. Son père menaçant lui avait bien dit que, s'il ne travaillait pas mieux, il terminerait sa vie dans les colonies. Pour lui, ce n'était pas une punition, au contraire… *Le capitaine Nemo… un sacré gaillard aussi*, pensa-t-il. Sa révolte lui plaisait bien. Le libraire apparut et s'excusa de son retard. Hubert prit le livre, le paya et quitta avec appréhension ce havre tempéré.

Dehors, la sensation de chaleur se fit plus forte encore. Il lui fallait trouver un refuge.

En redescendant la rue, une brasserie lui sembla assez honorable pour y faire une halte. À l'intérieur, il y avait peu de monde. L'air y était à peine plus respirable qu'à l'extérieur. Hubert s'assit sur une banquette de cuir rouge et immédiatement sa chemise se mit à coller à son dos humide. Il secoua avec force les épaules afin de se débarrasser de cette sensation désagréable. Il commanda un demi de bière, après s'être bien assuré auprès du serveur que le fût venait d'être entamé. Puis il resta un instant les yeux dans le vague et commença à passer en revue les événements de ces derniers mois.

Après leur retour de croisière, il avait rendu une visite à son frère et à sa jeune épouse. Il se souvint de la tête de Charles quand il le trouva dans son salon. Il paraissait gêné, et la mine décontractée de son cadet ne le rassura pas tout de suite. Que venait-il faire ? Encore un esclandre, ou peut-être lui réclamer de l'argent ? Hubert pouvait lire en lui comme dans un journal. Les titres s'y trouvaient en gras, bien lisibles. Il s'en amusait. Charles, qui se préparait à l'attaque, le fit asseoir.

— Je tenais à te féliciter pour ton mariage et à te souhaiter beaucoup de bonheur.

Quelle était donc cette nouvelle manœuvre ? Charles se contenta de le remercier, attendant toujours les hostilités.

— La croisière s'est bien passée ?

— Merveilleusement bien. Tu sais, Hubert, il faudrait qu'un jour on cesse de se disputer. Nous sommes frères tout de même !

— Charles, mes intentions sont pacifiques, je ne suis ici que pour trinquer avec mon frère et ma belle-sœur. À propos, elle n'est pas là ?

— Si, elle se trouve dans sa chambre, elle ne devrait pas tarder. Tu sais, si je ne t'ai pas invité au mariage…

— N'en parlons plus, de toute façon, je m'ennuie dans ce genre de festivités.

— Aurélia m'a parlé de ta visite à l'Opéra… J'ai craint que tu ne fasses du scandale…

— Que veux-tu, tu le sais, je suis un peu impulsif, je n'ai pas trop réfléchi… En tout cas, tu as beaucoup de chance, ta femme est vraiment très bien et avec un sacré caractère !

— Merci. Raymond, apportez, s'il vous plaît, du porto. Ce verre sera peut-être celui de la réconciliation ?

— Je te l'ai dit, je suis ici pour cela et aussi pour m'excuser.

— Ah, la voici qui vient.

Hubert se retourna en direction de l'escalier. Elle se tenait là, bien droite sur la dernière marche, sa main droite délicatement posée sur la rampe. Le cœur du jeune homme s'affola. Qu'elle était belle ! Hubert se leva lentement sans quitter du regard l'apparition. Sans déranger l'air qui l'entourait, elle commença à descendre. Chacun de ses gestes n'était que grâce et élégance, sans jamais être emprunté ou calculé. Hubert ne pouvait rien dire, le souffle lui manquait. Son regard s'attarda sur une rondeur au niveau du ventre d'Aurélia. Il se tourna vers son frère qui lui répondit en inclinant doucement la tête. Il dévoilait son bonheur. Le choc pour Hubert fut grand. Aurélia attendait un enfant. Le peu d'espoir de la conquérir s'envolait définitivement. *Mariés et maintenant un enfant, ces deux-là étaient décidément très pressés.*

Aurélia se montra très aimable et le reste de la soirée se déroula sans accroc. Hubert tâchait de se montrer le plus agréable et séduisant possible, mais le cœur n'y était plus. Que de désillusions apportées par ce ventre rond ! Les verres de champagne avaient pour Hubert le goût de la défaite, de retraite amère, mais il n'en montra rien. Son rôle devait être tenu jusqu'au bout. Il s'en voulait de ne pas avoir été le premier, car Aurélia ne se contentait pas d'être belle, mais sa conversation était, elle aussi, brillante. *Un condensé d'idéal féminin*, pensa-t-il.

Quand ils se quittèrent, ils se jurèrent de se revoir régulièrement, mais cette promesse, Hubert ne se sentit pas capable de la tenir. Cela faisait plus de trois mois qu'ils ne s'étaient revus, il n'en possédait pas la force. Il avait repris sa vie, faite d'excès, et s'efforçait d'oublier.

À plusieurs reprises, il revit le couple Hemingway, mais leur bonheur simple finit par le lasser. Son livre était paru et plutôt bien accueilli par la critique. Même la mère Stein lui avait reconnu une certaine valeur et Cocteau l'avait enterré sous une montagne de compliments. Au fond, il s'en fichait pas mal, car devant lui se trouvait toujours ce vide.

Même sa rancune vis-à-vis de son frère s'estompait. Sa vie ne valait pas grand-chose, plus rien ne la faisait avancer. Il pensa à son ami Cendrars, Blaise. Lui construisait son existence sur des ruptures. Un jour diamantaire à Londres, un autre légionnaire sur le front, un autre encore bohémien ou gangster en Amérique… Sa fuite en avant se faisait par l'aventure et la rencontre, et son bras emporté par la guerre ne l'avait pas calmé. Il pensa aussi à Henry de Monfreid, parti pêcher les perles en mer Rouge. Ces gars-là avaient eu le cran de tout abandonner pour se retrouver ailleurs. Que pouvait bien leur apporter cette vieille Europe convalescente, enracinée dans les siècles passés ? Le même vide qui envahissait Hubert au fond de ce café surchauffé. Ceux-là avaient du Rimbaud dans leur caboche et lui, que des illusions perdues. Finalement, rater sa vie était d'une facilité déconcertante, pensa-t-il en finissant son deuxième demi.

Il se souvint de la proposition de Louis Cartier qui, un jour, lui avait conseillé de partir en Arabie pour y négocier les perles ou autres pierres précieuses. Il y pensait, mais une balle de revolver ne serait-elle pas plus rapide ? Tirer un trait définitif sur tout cela ? Après tout, l'incertitude de la mort ne devait pas être plus grande que celle de sa vie. Il prit une grande respiration et chassa par la bouche l'air retenu quelques secondes dans ses poumons comme s'il voulait évacuer au plus vite ces mauvaises pensées. L'amertume de la bière lui emporta la bouche. Il avait encore soif. Il commanda un autre demi. Son regard se posa sur la couverture du livre qu'il venait d'acheter, *La Terre gaste*[4]. La lecture demeurait sa seule évasion, la lecture et aussi l'alcool. Il se plongea dans les deux avec délectation.

---

[4] ELIOT Thomas Stearns, *The Waste Land*, *La Terre gaste*, Horace Liveright, 1922.

CHAPITRE X

Avec septembre, la chaleur se fit moins pesante, l'air plus respirable. Depuis quelque temps déjà, les migrants mondains avaient déserté la côte d'Azur ou la côte basque et avaient tous regagné Paris. Hubert avait lui-même cédé à la tentation de quitter la ville, devenue vraiment trop ennuyeuse. Il s'était rendu à Biarritz où il avait rejoint la communauté de *bringueurs*. Dimitri l'avait invité dans sa villa, mais le jeune homme, ne voulant pas déranger le couple, décida de s'installer à l'hôtel du Palais. Ce palace du Second Empire, bâti en l'honneur d'Eugénie, femme de Napoléon III, convenait tout à fait à son désir d'indépendance et de luxe. Le séjour était agréable et la douceur océane semblait apaiser son esprit.

Un jour, entraîné par des amis, il partit pour Pampelune assister aux fameuses corridas dont Hemingway lui rebattait si souvent les oreilles. Le matin, ils avaient quitté Biarritz dans trois automobiles bondées comme des bétaillères pour affronter les pistes poussiéreuses de Navarre. Beaucoup de haltes avaient été nécessaires afin de rendre moins pénible le trajet, et chaque taverne devenait un prétexte pour se désaltérer au vin frais et robuste de la province. La nourriture y était rustique, mais excellente. La bande de *bambocheurs* se composait de cinq Américains, Dimitri et son épouse, un couple de Londres, deux jeunes Françaises rencontrées la veille au casino et Hubert. L'ambiance était joyeuse ; de véritables enfants partant en train pour les vacances. Paris se trouvait loin et son ennui estival aussi.

Pampelune leur apparut au soleil couchant. Encore au pied du plateau où se situait la cité navarraise, ils en devinaient les murailles qui la protégeaient et le décor était plaisant.

En pénétrant dans la ville, les trois automobiles eurent du mal à se frayer un chemin à travers la foule. Elle envahissait les rues et les places. Des orchestres de fifres et de tambourins la faisaient onduler en une longue houle. Elle se déversait dans chacun des recoins de la cité. Des jeunes gens, vêtus de blanc, la taille prise de rouge, la perçaient dans de longues farandoles. Cette joie collective saisit les étrangers. Sans préambule, ils se trouvaient emportés eux aussi par l'esprit de la *fiesta*. Hubert n'en revenait pas. Jamais, il n'avait assisté à un spectacle aussi réjouissant. Tout un peuple faisait la fête, sans artifice, sans calcul, simplement heureux d'être là, rassemblé. Il dut lutter pour ne pas abandonner l'auto et se laisser emporter lui aussi par cette marée. Plus loin, une fanfare ralentit un peu plus leur marche. Les cuivres et les tambours festifs étaient suivis par des géants qui surplombaient de leurs têtes de papier mâché la même foule enthousiaste. Un garde civil, au bicorne noir verni et à l'uniforme vert foncé, leur indiqua le chemin pour atteindre le Grand Hôtel. Il ouvrit de son bras la foule, et les voitures finirent par passer.

Une fois arrivé dans sa chambre, Hubert entendait toujours les clameurs de la *fiesta*. Il ouvrit la fenêtre et s'avança sur le balcon.

La place tout entière ondulait au son des orchestres basques. Toute la société se retrouvait là, rassemblée dans la même fièvre : des paysans des plaines, des montagnards débarqués par cars entiers, des notables et des bourgeois. Hubert ne se lassait pas du spectacle. Il se sentait heureux comme ces enfants qui couraient en criant. Il dégusta le verre d'alcool anisé qu'il avait commandé et décida de prendre au plus vite un bain afin de se débarrasser de la poussière du voyage.

Comme les premières corridas avaient lieu le lendemain, la petite bande s'enfonça dans la vieille ville. Toute la population semblait être descendue dans ses rues. La joie animait les corps et les visages comme si seul l'instant présent comptait. L'impression que tout un peuple uni faisait la fête redonna à Hubert le goût du genre humain. Eux, les étrangers, se laissaient avec bonne grâce emporter par cette joie collective. Ils faisaient partie du tableau. Les différences étaient laminées par l'ambiance festive. De jeunes gens en veste de travail noire ou bleu foncé, le béret vissé sur le crâne, improvisaient des danses basques. Les gourdes de peau de chèvre déversaient avec précision le filet de vin au fond des gosiers. Elles passaient de main en main et une arriva jusqu'à Hubert. Sur les conseils d'un robuste Navarrais, le Français testa cette nouvelle méthode de dégustation. Il trouva tout cela parfait. Le très aristocratique Dimitri se laissa emporter par une farandole qui s'étirait le long de la rue. Ses mains massives agrippaient les épaules de deux ravissantes jeunes femmes. Il disparut, emporté par ce courant joyeux. Tous riaient à cet enlèvement. Quelques instants plus tard il réapparut, remontant, tout essoufflé, la rue. Son rire fort démontrait qu'il n'était pas mécontent de sa petite aventure. La jeune archiduchesse n'en prit pas ombrage et se précipita en riant dans ses bras. Elle le tira par la main et l'aida à rejoindre le groupe qui s'abreuvait de vin un peu plus haut. Il s'empara d'une outre que lui tendait un des danseurs et demeura un long moment la tête en arrière, inondant sa gorge de vin frais. Il invita le groupe de Basques à les suivre, ce qu'ils firent de bonne grâce.

Ils finirent par aborder une bodega. Comme toutes les tables étaient occupées, ils restèrent au comptoir. Les verres alignés se remplissaient de vin rouge et se vidaient dans une cadence infernale. Les tapas, assiettes de charcuterie, d'omelettes aux pommes de terre et oignons, de moules farcies et d'une quantité inimaginable de recettes cuisinées, séduisaient les palais et comblaient avec délectation les estomacs noyés de vin. Tous riaient et parlaient fort.

— Mes amis, lança Dimitri, ne croyez-vous pas que le véritable raffinement réside dans ce vin et dans ces assiettes ?

Tous furent d'accord. Les conventions étaient oubliées et personne ne regretta les places assises. Hubert se sentait lui aussi très bien. Un verre dans une main, une autre sur la hanche de la jolie brune qui l'accompagnait ; rien ne manquait à son bonheur présent. Le lendemain était encore loin, de toute manière la blonde était elle aussi à son goût, il pouvait voir venir. Le groupe de *bringueurs* alla ainsi jusqu'au petit matin de cabaret en cabaret, de bodega en bodega. Pas un ne manquait à l'appel. La magie de cette ville les portait et semblait ne jamais les rassasier. Ils se sentaient tous heureux, comme s'ils avaient toujours fait partie de ce décor.

Le jour avait rejoint la nuit, et les fêtards échouèrent à la terrasse d'un café sous les arcades. Certains d'entre eux arboraient le béret sombre et l'écharpe rouge de la *fiesta*. En d'autres temps, en un autre lieu, cet accoutrement aurait été ridicule sur ces Américains, ces Anglais et cet archiduc russe, mais la magie de Pampelune rendait tout naturel. Sur la place, une foule importante pour cette heure matinale semblait attendre quelque chose. Une fusée traversa le ciel et une clameur se leva. Un voisin de table, un homme d'une cinquantaine d'années, se pencha vers ces étrangers qui ne comprenaient pas ce qui se passait.

— L'*encierro* va bientôt commencer.

— L'*encierro* ? Qu'est-ce que c'est ? demanda Hubert.

— On va lâcher les taureaux dans les rues qui mènent aux arènes et des jeunes gens vont pouvoir mesurer leur courage en les accompagnant.

— Comment ça ?

— Ils vont courir devant eux.

— Mais, c'est excessivement dangereux ! coupa l'épouse de Dimitri.

— Ça l'est en effet, mais ça fait partie de la *fiesta* et de la tradition.

— Je ne veux pas manquer ça ! s'exclama le Russe.

— Venez avec moi, je connais un bon endroit où on peut voir ce spectacle !

Tous s'enthousiasmèrent à cette invitation. Ils se levèrent et suivirent l'Espagnol qui se nommait José.

La foule se fit plus compacte à l'approche de l'estrade où ils prirent place. Déjà, de jeunes gens attendaient en contrebas, dans la rue où devaient passer les taureaux. La tension monta. Soudain, une clameur s'éleva et l'extrémité de la *calle* se trouva encombrée d'une masse incroyable d'hommes qui couraient. Ceux-là avaient de l'avance sur les taureaux et ne semblaient pas trop effrayés, plutôt ivres. Devant ce spectacle, Dimitri enjamba la balustrade et se retrouva dans la rue. Sa femme le suppliait de remonter, de ne pas faire l'idiot, mais le Russe ne voulait rien savoir. Il rigolait et invitait ses compagnons à le suivre. Hubert, emporté par son enthousiasme, et aussi par une forte dose d'alcool, l'imita et sauta la barrière.

Une nouvelle vague de coureurs s'approchait. Cette fois-ci, le rythme était différent. Les premiers dépassèrent Hubert et Dimitri qui continuaient à discuter avec leurs amis. Ils ne s'intéressaient pas à ce qui se passait dans leur dos. José se mit à crier :

— Courez ! Ils arrivent !

En se retournant, les deux hommes changèrent d'humeur. Devant eux accouraient des jeunes gens avec à leurs trousses les taureaux. Ils se mirent à leur tour à courir, ou plutôt à fuir devant ces bêtes sauvages et déchaînées. Après plusieurs centaines de mètres au milieu des taureaux, Hubert, à bout de souffle, plaqua Dimitri, asphyxié par cette course, contre un mur. Les cornes d'un animal les frôlèrent. Moins chanceux, un homme fut percuté et piétiné par la bête. Fort heureusement, elle ne s'acharna pas sur lui. Avec sagesse, les deux amis laissèrent passer le troupeau entier avant de bouger.

Ils échangèrent un regard qui en disait long sur l'émotion qu'ils venaient de ressentir et ils éclatèrent de rire.

— Quelle expérience ! s'exclama Dimitri. Une véritable charge de Cosaques.

— Il faut reconnaître que ça faisait longtemps que je n'avais pas vécu pareille sensation. Venez, Dimitri, allons prendre un remontant.

— Oui, j'en ai besoin, je ne sens plus mes jambes.

Le groupe de *bambocheurs* les rejoignit dans la rue.

— Ah, je crois que l'archiduchesse a l'air furieuse, s'exclama Dimitri.

— Après ce que vous venez de vivre, ses assauts vous sembleront du miel. Et puis, il faut reconnaître que ce que nous avons fait était complètement idiot.

— Comme l'est le reste de notre existence.

— C'est vrai.

Les deux hommes se mirent à nouveau à rire.

À la terrasse du café, chacun reprit des forces. Dimitri ne cessait de raconter ces instants passés dans la rue au milieu des taureaux et tous riaient à son exubérance. La fatigue se domptait à coups de rasades de vin et de cognac local. La ville, elle non plus, ne semblait pas connaître le repos, la *fiesta* continuait à couler dans ses artères. José les rejoignit. Sa mine grave dénonçait une préoccupation.

— Qu'y a-t-il, mon ami ? demanda Hubert.

— L'*encierro* a fait des victimes. Il y a eu un mort, un jeune homme, et plusieurs blessés graves.

— Vous vous rendez compte de ce à quoi vous vous êtes exposés ? intervint Joséphine, l'épouse de Dimitri.

— Bah, ça fait partie d'un tout, se contenta de répondre Hubert.

— Il a raison, ajouta l'archiduc, ce type aurait pu mourir de la grippe. Il a sûrement passé une bonne nuit à s'amuser. Ce matin, il était tout à fait prêt à mourir. C'est l'attente et la conscience qui rendent la mort triste.

— Et certainement le prix à payer à toute chose, déclara Hubert. Buvons un coup à ce type.

Il leva son verre bien haut.

— En tout cas, je vous interdis de recommencer vos âneries ! s'exclama, furieuse, Joséphine.

Ils demeurèrent à la terrasse, déjeunant d'un plat de crevettes grillées, de côtelettes d'agneau et d'une robuste soupe de pois chiches. Les bouteilles de vin se vidèrent jusqu'à midi.

Quand Hubert retrouva sa chambre, il se débarrassa de ses chaussures et de sa veste et tomba comme une bûche sur son lit.

Fort heureusement, la corrida ne commençait que dans l'après-midi, aux alentours de seize heures. Le soleil tabassait moins fort les esprits encore confits d'alcool. Ils avaient traversé une ville inhabituellement déserte, et ils se demandèrent s'ils n'étaient pas les premiers de la cité à se lever. La raison était tout autre. Les gradins de l'arène semblaient contenir tout ce que la cité comptait d'hommes, de femmes et d'enfants. Ils comprirent que la corrida avait quelque chose de sacré, qu'il ne fallait sous aucun prétexte manquer, une messe païenne rassemblant dans une communion tout un peuple. Ici, pas d'eucharistie, mais tout de même un sacrifice. Le moment n'était pas encore venu.

Après le défilé des héros, acclamés comme s'ils partaient à la guerre, le spectacle commença vraiment. Le taureau, une espèce d'aurochs de cinq quintaux, semblait furieux de se retrouver le principal centre d'intérêt de tous ces gens. À croire qu'il avait lui aussi lu le programme. Aux quatre coins de l'arène, des orchestres accompagnaient l'enthousiasme des spectateurs. Hubert devait le reconnaître : *Ça avait de la gueule.*

Les *banderilleros*, aux corps d'adolescents prépubères, passaient au plus près du taureau pour lui planter dans le dos les banderilles. Ça rendait fou l'animal. Son échine sanglante rappela à Hubert que le jeu n'en était pas tout à fait un. Le taureau semblait lui aussi s'en rendre compte, mais jamais ses cornes n'atteignaient leurs cibles. Le Français le regrettait presque. La foule délirait, hurlait.

— Quand jette-t-on les chrétiens, le taureau a l'air à point ? demanda Hubert à sa voisine.

Complètement fascinée par le spectacle, elle ne lui répondit pas. Dimitri, un peu plus loin, hurlait des *olé* avec son fort accent russe. En bras de chemise, dégoulinant de sueur, il semblait entièrement impliqué dans le combat. Ce n'était plus un aristocrate russe, mais un *aficionado* pur jus.

— Avec son gabarit, il doit s'identifier au taureau, pas au torero, s'amusa Hubert.

Sa voisine, en transe à nouveau, ne lui répondit pas.

Une clameur gronda dans toute l'enceinte. La musique se fit plus forte, plus déchaînée : le *matador* entrait en scène. Son habit semblait être cousu sur lui. Il salua la foule en délire.

— Lui, c'est le chef boucher, déclara Hubert, amusé.

— Taisez-vous, s'il vous plaît, c'est très sérieux. En plus, il est très beau.

— Vous voulez rire, il ne dépasse pas le mètre soixante. Moi aussi, si je porte un pantalon aussi moulant, mes attributs ressortiront avantageusement.

Hubert ne voulut pas insister, sa voisine semblait toute portée vers ce qui se passait au centre de l'arène.

Le *matador,* avec sa cape mauve et jaune, attirait au plus près le taureau. Ses cornes passaient si près du corps de l'homme que chacune de ses passes déclenchait des frissons à toute la foule. Hubert reconnaissait qu'il ne fallait pas manquer de cran et que le tout avait un intérêt esthétique. Pourtant, il n'arrivait pas à totalement s'impliquer.

— Vous allez voir, à la prochaine passe, il va arriver à le faire disparaître derrière sa cape. Ah, raté !

Le *matador* s'arrêta un instant et prit la muleta écarlate et l'épée. Après quelques passes élégantes, il se positionna bien droit face au taureau, l'épée pointée devant lui. Le silence envahit les gradins. L'homme, à moins de deux mètres d'elle, invectivait la bête.

— Ça ne manque pas de panache, il faut le reconnaître.

Le taureau, à bout de cette attente, se jeta sur l'homme qui s'écarta au dernier instant. Son épée se plongea tout entière dans l'échine. La victime s'effondra. La foule exultait, hurlait ; une véritable hystérie collective.

Voilà, ça y était, le sacrifice avait eu lieu. Baal pouvait être content même si, Hubert en était certain, il eût préféré recevoir en hommage la queue et les deux oreilles du *matador*.

Le Français demeurait là, les yeux perdus dans le sable. Les cris et la musique ne l'atteignaient plus. Ici non plus sa place n'était pas définie, ici non plus, il ne faisait pas partie de cette humanité. Il en éprouva de l'amertume, de la désillusion. Une grande partie de son être quittait ce temple et accompagnait le corps du taureau traîné par deux mules. Le vide l'envahissait. Tout ce rien qui le prenait lui soulevait le cœur. Il se sentait seul, oublié. La voix de Dimitri le ramena parmi les hommes.

— Alors Hubert, qu'en pensez-vous ?

— Superbe, Dimitri, superbe.

La conviction n’y était pas, mais le Russe se satisfit de la réponse.

La nuit qui suivit fut aussi enflammée que la précédente. La folie festive envahissait à nouveau la ville. Pour Hubert, seule sa compagne avait changé : de brune, elle était devenue blonde.

Ce ne fut qu’au troisième jour que le groupe décida de regagner Biarritz et ses plaisirs plus modérés.

Deuxième Partie

CHAPITRE XI

Paris, 1937

Avec les années trente, le siècle prenait une nouvelle respiration. Le krach boursier de 1929 avait changé la donne. Les années que l'on disait folles s'étaient assagies. Il ne servait à rien de regarder en arrière, la page était tournée. L'avenir ? En y pensant, Hubert esquissa une grimace.

En Allemagne, on brûlait des bouquins en écoutant les vociférations d'un nabot hystérique. La haine montait et se mêlait à l'aigreur et à la frustration les plus abjectes. On rallumait les bûchers et l'odeur des cadavres n'allait pas tarder. Les plus grandes infamies commencent toujours par des mots et des idées toutes simples. On les écoute et on se retrouve un matin un fusil entre les mains, à compter les heures et les minutes qui nous séparent de la mort.

Hubert secoua la tête et abaissa le journal qu'il tenait. Devant lui, les autos allaient et venaient sur le boulevard. En cette fin d'hiver de 1937, la terrasse du café de la Paix débordait sur le trottoir. L'air était doux et l'instant plaisant à déguster. *Un de ces calmes admirables qui précèdent la pire des tempêtes*, pensa Hubert. Il tourna la page de son journal.

En Italie, Mussolini ramenait au cœur de Rome un obélisque volé à l'Éthiopie. Ce César de carnaval, sorti tout droit de la *Commedia del arte* par ses postures grotesques, se rapprochait de son émule germain et les démocraties ne disaient rien. Elles détournaient la tête, se contentant de racler la gorge en signe de désapprobation. En France, le Front populaire donnait un nouvel espoir au peuple. Le sens de l'histoire se trouvait bien là, mais le mieux intentionné des moutons avait-il sa chance contre une meute de loups affamés ? En Espagne, les nationalistes gagnaient du terrain, aidés par leurs alliés allemands et italiens. Staline y jouait la carte antifasciste, une tromperie qui aveuglait la plupart des intellectuels de la planète. Les grandes manœuvres avaient commencé et l'embrasement était proche.

Hubert fit glisser le café au fond de sa gorge. Il soupira. Durant un instant, il suivit du regard une jeune femme qui tentait de percer le flot incessant de voitures sur le boulevard. Cette image le fit sourire. Ses quarante-deux ans n'avaient pas érodé son goût pour la gent féminine, mais la maturité lui avait apporté une sorte d'apaisement. Il n'était plus tout à fait le même homme, et comme il lui semblait loin, le temps des années vingt ! Sa fortune avait été engloutie en grande partie par le krach, mais Cocteau et nombre de ses vrais amis l'avaient persuadé de s'investir entièrement dans l'écriture. Au début, cela avait été difficile, mais que pouvait-il faire ? Il ne savait rien faire d'autre. La descente vers l'abîme de son ami Scott ne le tentait plus vraiment, pas plus que la fuite en avant de Hem'. Les années vingt lui avaient laissé une gueule de bois que seule l'écriture apaisait à peine. Ses romans et ses pièces de théâtre lui assuraient un revenu plus qu'honorable et canalisaient la révolte qui le prenait toujours. Elle se faisait mots et devenait, à sa surprise, plus efficace que le coup de poing et le mépris. L'alcool et l'excès ne pouvaient plus alors le contenter entièrement. Il se défendait d'être devenu sage et cette simple idée le mettait en colère. La sagesse, pour lui, n'était faite que de renoncement, de compromis et surtout de paix intérieure qu'il n'avait pas encore atteinte.

Il n'avait plus de contact avec son frère et son épouse. Aurélia ! À nouveau, il sourit. Elle aussi faisait partie du passé et, en y réfléchissant, il trouvait parfaitement grotesque son attitude, ce soir-là, à l'Opéra. Ses mains se crispèrent sur les feuilles de son journal. Il ne voulait plus de ce passé. Il en éprouva de la honte, du dégoût. Son visage se referma et déjà il regrettait l'image furtive de la jeune femme. Elle lui renvoyait un échec et il n'aimait pas ça. C'était tout son passé qu'il n'aimait pas. Son présent ? À bien y réfléchir, il ne faisait que s'en contenter. Que faisait-il dans ce monde ? Il n'aimait personne et personne ne l'aimait. Quitter tout, s'en aller loin, affronter la véritable vie : souvent il y avait pensé, mais le courage lui manquait et cette lâcheté le plongeait à nouveau dans le désespoir. Hem' avait peut-être raison : la réalité, il faut s'y frotter, la bousculer en la regardant droit dans les yeux. Se laisser simplement emporter dans son courant ne mène pas bien loin. Ses vieux démons le reprenaient et cette journée radieuse devenait terne et sans saveur. À nouveau, il ne savait plus rien. Un bref regard sur sa montre-bracelet lui indiqua qu'il était en retard à son rendez-vous. Il se leva et abandonna quelques pièces sur la table.

Il commençait sa marche sur le boulevard des Capucines, quand une voix dans son dos l'arrêta net. *Hubert*. Son ventre se contracta. La voix reprit : *Hubert*. Était-ce possible ? Avec crainte, il se retourna et son cœur monta d'un étage. Le fantasme se fit réalité. Plantée sur le trottoir, elle se trouvait là. Hubert bascula légèrement la tête pour s'assurer que l'apparition n'était pas que délire.

— Aurélia ?

La jeune femme se tenait à quelques mètres de lui et lui souriait. Une robe légère, blanche, la prenait. La surprise d'Hubert laissa la place à l'émerveillement. C'était bien Aurélia et le temps passé n'avait eu aucune prise sur sa beauté. Comme il ne bougeait pas, la jeune femme s'avança vers lui. Un parfum de rose et de jasmin la précédait. Hubert demeurait figé par l'émotion.

— Vous vous souvenez encore de moi ? demanda-t-elle avec ironie.

— Bien sûr, comment pourrais-je vous oublier ?

— En ne venant pas nous rendre visite à Saint-Cloud, par exemple.

— J'ai été beaucoup pris.

— Durant douze années ?

— Il faut croire que oui.

— Très bien. J'ai un peu soif, auriez-vous l'amabilité de m'accompagner à boire un thé ?

— Je… Mais oui, bien entendu.

— Cette table est libre, venez, asseyons-nous.

Aurélia s'assit la première. Son visage ne quittait pas ce sourire. Il semblait un défi lancé à Hubert. Le sien demeurait plus timide, mais son regard distillait sans pudeur son émotion.

— Vous ne vous asseyez pas ?

Sa main posée sur le dossier de la chaise hésita, pas longtemps. Il finit par s'asseoir.

— Racontez-moi un peu, qu'êtes-vous devenu pendant tout ce temps ? demanda-t-elle.

— Pas grand-chose, croyez-moi. Vous me parlez de douze années, je vous parlerais plutôt d'une longue nuit.

— Vous n'avez rien perdu de votre lyrisme, mais ce n'est pas tout à fait la réponse que j'attendais.

— Très bien. Alors, je vais essayer de faire court. J'ai beaucoup bu et excellé également dans pas mal d'activités dont je pense que vous ne seriez pas ravie de connaître les détails.

— Pourquoi pas ?

— La débauche et la luxure ne sont pas aussi fascinantes que l'on pourrait le croire. Il y a dans leur pratique une certaine routine.

— Ah bon ? dit-elle avec ironie.

— Oui. Je ne connais pas d'autre style de vie, mais celui-ci peut s'avérer très vite ennuyeux.

— Donc, pas de détails ?

— Non. Ah si, je vous ai attendue quelques mois.

— Vous m'avez attendue ?

— Enfin, je ne pensais pas que vous resteriez aussi longtemps avec Charles. Disons que je me tenais en embuscade, prêt à bondir.

— Et ?

— Il faut croire que l'attente a été trop longue, j'ai dû m'endormir à mon poste.

Aurélia sourit et une lueur traversa son regard. Hubert poursuivit :

— Et si vous me parliez de vous.

— Vous savez que nous avons un fils, Sébastien, votre neveu.

— Oui, je sais cela. La dernière fois que je l'ai vu, il déformait votre ventre.

La jeune femme se mit à rire.

— C'était déjà un enfant turbulent. Il faudrait tout de même que vous lui rendiez visite, ne croyez-vous pas ?

— Il y a tellement de choses que je devrais faire. Et puis, je ne crois pas que je sois un bon exemple pour ce garçon.

— J'ai lu tous vos romans.

— Ah !

— Je les trouve très bons. Vous avez beaucoup de talent.

— Vous avez tort, le talent ne demande aucun mérite. Seul, il n'est rien d'autre qu'un noyau de pêche abandonné sur le trottoir. Souvenez-vous de ce que vous m'avez dit, ce soir-là, à l'Opéra, au sujet du travail : il n'y a que le travail qui compte. J'ai horreur de dire ça, mais c'est la vérité. À ce sujet…

— Lequel ? coupa Aurélia.

— Celui de ma visite à l'Opéra. Je voulais vous dire…

— Que vous aviez raison !

— Pardon ?

— Pas sur tout, mais…

Les mots se faisaient difficulté dans la bouche d'Aurélia. Elle poursuivit pourtant :

— Ma vie n'est pas aussi belle que je l'imaginais.

Le visage d'Hubert se referma. La jeune femme hésitait à se dévoiler. Il comprenait ce silence. Il n'intervint pas. Il attendait. Les mots d'Aurélia occupèrent à nouveau l'espace, hésitants, pudiques :

— Je me sens souvent si seule…

— Et Charles ?

— Je l'aime, il n'y a aucun doute là-dessus, mais…

— Mais ?

— Il est si souvent absent… Déjà ses affaires prenaient une grande partie de notre vie, mais depuis peu, il a décidé de se lancer dans la politique.

— Charles a toujours été un suractif.

— Je n'aime pas ses nouveaux amis, ils me font peur. Je ne voudrais pas qu'il devienne comme eux.

— Qui sont-ils ?

— Des anciens combattants.

— Nous le sommes tous un peu.

— Mais eux pensent que la société court à sa perte. Ils réclament plus d'autorité et un nouvel ordre. Ils détestent le Front populaire et tout ce qu'il incarne. Je ne connais pas grand-chose à la politique, mais je sais ces gens dangereux.

— Ce sont des imbéciles qui ont un siècle de retard. Ils n'ont rien compris. Le seul mérite de la guerre, c'est qu'elle a fait table rase de toutes ces vieilles idées.

— Elle en a fait naître de nouvelles.

— Je sais, je viens de lire le journal. Les hommes sont fous et leur mémoire poreuse. Vous avez raison, Aurélia, tout cela va mal se terminer et pas seulement pour votre couple.

— J'ai peur, Hubert.

— En avez-vous parlé à Charles ?

— Oui, mais à chaque fois il tente de me rassurer, de me dire que j'exagère et que sa cause est bonne et juste.

— Alors, il est beaucoup plus atteint que vous ne le croyez. C'est curieux, je ne le prenais pas pour un partisan ! Tout juste un emmerdeur un peu conventionnel, mais un partisan…

— Ce sont ses nouveaux amis, il n'était pas comme ça avant.

— L'époque a changé et, avec elle, les gens.

— Et vous ?

— Moi ? Je suis un phare dans la tempête. Je ne bouge pas. Je me fous pas mal des fascistes ou des communistes. Ils sont les deux faces de la même pièce. Je ne pense pas que Staline vaille mieux qu'Hitler ou Mussolini. La démocratie n'est peut-être pas idéale, mais c'est encore ce qui me convient le mieux.

— Vous souhaitez me rassurer en disant cela ?

— Non, pardonnez-moi.

— Mais répondez-moi : avez-vous changé ?

Hubert comprenait le sens de la question d'Aurélia. Elle le poignardait en plein cœur. Cette fois-ci, une pirouette ne suffirait pas à l'éluder.

— Je vous regarde, Aurélia, et votre visage me ramène douze années en arrière, et je n'aime pas ça.

— Pourquoi ?

— Ne comprenez-vous pas, Aurélia ? Seul le temps a passé, il n'y a rien à rajouter à cela.

La jeune femme baissa les yeux. Elle avait l'essentiel de la réponse qu'elle attendait. Elle n'en tira aucun profit. De la tristesse voila son regard qu'un sourire à peine esquissé atténua.

— Sachez que vos romans me sont un véritable réconfort ; le seul probablement ces derniers temps avec, bien entendu, Sébastien. Ils me sont une aide, un soutien. Eux seuls me touchent vraiment. Je tenais à vous le préciser. Merci.

Aurélia se leva. Hubert l'imita avec un temps de retard. Il se tenait face à elle, ne sachant que dire, que faire.

— Je dois y aller. Notre rencontre m'a fait beaucoup de bien.

— Aurélia…

— S'il vous plaît, Hubert…

Elle lui sourit, et ce sourire tendre et triste à la fois vida Hubert de tout son être. Il la regardait s'éloigner sans pouvoir bouger, prisonnier de l'émotion qui l'envahissait. Elle disparut, avalée par une foule pressée. Il ne put mesurer le temps, mais il demeura là, planté sur le trottoir un long moment. Tout son corps se raidit. La sincérité d'Aurélia, sa faiblesse, l'avaient touché, désarmé. Son cœur se mit à rouler dans sa poitrine, entraînant sa respiration dans une course saccadée. Il ferma les yeux pour contrôler son corps.

Puis la vie à nouveau en irrigua les moindres parties. Le mirage était passé.

— Quel abruti ! Elle était là, toujours aussi belle, avec ce regard, ce sourire, presque offerte, et je n'ai pas su la cueillir ! Quel abruti !

Il aurait dû lui prendre la main, lui prendre cette bouche qui s'offrait à lui, l'entraîner plus loin, loin de ce monde grossier. Le temps était passé et avec lui toute évasion. Il ne restait plus que les regrets.

CHAPITRE XII

Trois jours étaient passés depuis cette rencontre à la terrasse du café de la Paix. Trois jours à tourner en rond, à se demander pourquoi il avait laissé passer une occasion pareille. Que pouvait faire Hubert ? Rien ! Il le savait, il n'y avait rien à faire. Le plus difficile demeurait l'oubli de cette rencontre. Il lui fallait la gommer, l'extirper de sa mémoire, la nier, n'en faire qu'un songe malheureux. Mais le songe était bien réalité, une réalité qui bégayait dans son esprit. Sa main se crispa sur le verre de cognac. Il le fixait comme si le liquide ambré pouvait lui apporter une réponse. La griserie se faisait amère. Elle l'entraînait dans un mauvais vertige fait de vide et d'absence. Autour de lui, le décor du Select trop familier l'enfermait dans ses pensées. Les aboiements des serveurs passant commande le dérangeaient, comme d'ailleurs toute chose dans cet environnement bruyant. Après douze années, la lumière avait fini par s'éteindre et il avait fallu ce sourire, ce regard, pour que le brasier se mette à le dévorer tout entier, de nouveau.

À ses côtés, les habitués du Select discutaient sur les événements d'Espagne, de l'avancée des nationalistes et de la résistance des républicains.

— Et toi, Hubert, que penses-tu de tout cela ?

Hubert tourna la tête vers son compagnon, accoudé comme lui au comptoir, et lui planta un regard voilé d'indifférence :

— Rien !

— Comment ça, *rien* ? Les fascistes sont aux portes de Madrid et…

— Écoute-moi bien, Basile, ils seraient aux portes de Paris que ça me ferait le même effet.

— Mais tu ne peux pas dire une chose pareille !

— Il faut croire que si.

— Mais…

— Laisse-le, intervint un autre buveur, tu vois bien qu'il n'est pas dans son assiette.

— Mais, tu te rends compte de ce qu'il dit !

Les deux mains d'Hubert se portèrent au col de Basile et le retournèrent d'un geste puissant. Le malheureux tenta de se défaire, mais la force de la prise le maintenait prisonnier.

— Lâche-moi, Hubert, t'es devenu fou ?

Hubert rapprocha son visage au plus près de celui de sa victime.

— Tes histoires ne m'intéressent pas ! Je veux qu'on me foute la paix ! C'est compris ?

Le regard d'Hubert était celui d'un dément et il obligea Basile à détourner les yeux.

— C'est compris, Hubert, c'est compris, bredouilla-t-il.

Hubert lâcha prise et le corps du malheureux libéré se tassa sur lui-même.

Sans un mot, Hubert vida d'un trait son verre et s'avança vers la sortie de la brasserie. Il n'eut aucun regard pour ses compagnons.

Dehors, l'air était vif. Il frissonna. Le vent était de la partie, mais n'indiquait aucune direction à suivre. Il boutonna son manteau et ramena le col sur sa nuque. Le jour se mêlait à la nuit dans une étreinte sordide. Il n'avait envie de rien. Il commença à marcher sur le boulevard du Montparnasse qui lui parut sinistre, ordinaire et sans vie. Sur le trottoir, des ombres le frôlaient. Il ne cherchait pas à les éviter, elles se détournaient d'elles-mêmes à son passage.

En approchant de la place, la foule se fit plus compacte. Une armée entière de travailleurs se pressait de rejoindre les bouches de métro. Celles-ci les avalaient dans une longue respiration. Hubert grimaça. De mépris, de dégoût ? Il ne pouvait le dire. Sûrement un mélange des deux. Les esclaves rentraient chez eux, et lui ne valait pas mieux. Il demeurait prisonnier de ses pensées, d'Aurélia. Elle tenait son cœur dans sa main et chaque jour le serrait un peu plus. La douleur lui devenait insupportable. Après douze années, il avait fallu qu'elle vienne réclamer sa possession. Cette fois-ci, il ne savait pas comment s'en sortir. *Le temps arrange tout !* Cette réflexion le fit sourire, mais ce sourire était amer. Son existence devenait à nouveau vide, désespérée. L'alcool ne le guérissait plus, il n'effaçait rien, il ne faisait que révéler sa condition misérable, grossissant les traits de son infortune. À quarante-deux ans, il souffrait comme un adolescent et sa vie se trouvait derrière lui.

Ses pensées l'emportaient loin de ce décor et il ne remarqua pas le groupe d'hommes qui s'avançait vers lui à l'embranchement de la rue de Rennes. Ceux-là revenaient d'une de ces manifestations anti-Front, des *fascistes* comme on disait, des étudiants encadrés par d'anciens combattants de la Grande Guerre. Il ne les vit pas et fendit le groupe comme s'ils n'existaient pas. Les épaules se frottèrent et une main finit par attraper le bras du marcheur solitaire. La brume se déchira et Hubert se retrouva entouré par ces hommes. Son indifférence et son absence de peur attisèrent leur colère. Ils n'avaient pas pu casser du *Rouge*, un bourgeois ferait tout à fait l'affaire.

— Alors, le bourgeois, on ne respecte pas les combattants de l'ordre nouveau ?

En temps normal, Hubert aurait assené un crochet à l'importun, mais là, il n'en avait pas le cœur. L'homme l'insulta à nouveau et le temps redevint normal. Le coup partit, directement sous le menton de l'étudiant. Son corps tomba en arrière et sa nuque vint cogner violemment contre le pied d'un lampadaire.

Il ne bougeait plus.

Les autres, stupéfaits par la rapidité des événements, demeurèrent un instant sans réaction. Des sifflets se mirent à se répondre des deux côtés de la rue. La police arrivait, il fallait faire vite. Un gourdin de bois s'abattit sur le crâne d'Hubert et toute sa tête se mit à bourdonner. La conscience le quittait ; c'était toujours ça de gagné.

Un car de police vint s'arrêter le long du trottoir, les fascistes se dispersèrent sur la place Montparnasse, abandonnant leur victime et leur camarade toujours inanimé.

CHAPITRE XIII

Hubert avait été amené à l'hôpital ; sa blessure, bien que superficielle, nécessitait quelques points de suture sur le sommet du crâne. L'état du jeune homme, toujours dans le coma, demeurait plus préoccupant. La police avait laissé Hubert libre, mais il ne devait pas quitter la ville. Quitter la ville ? Pour aller où ? Depuis deux jours, il tournait en rond dans son appartement, ne sachant que faire. L'incident de la rue de Rennes l'indifférait. C'était tout juste s'il se sentait concerné. Son égocentrisme le rejetait au rang de simple anecdote. Pas de quoi fouetter un chat. Michel entra dans le salon où il se tenait. Les yeux de son patron se perdaient dans les méandres du tapis. Le valet arborait la mine du messager porteur de bonnes nouvelles.

— Monsieur, j'ai le journal du matin et on parle de vous.

— À la rubrique des faits divers, je suppose.

— Monsieur se sous-estime, lisez en deuxième page.

— Fais-moi plutôt un résumé.

— Eh bien, en gros, ils disent que vous avez rossé des membres de l'Action française qui revenaient d'une manifestation anti-Front.

— La belle affaire !

— Ce n'est pas tout, ils rajoutent que le type que vous avez frappé est toujours dans le coma.

— Ça a l'air de te faire plaisir.

— C'est toujours un fasciste de moins.

— Depuis quand fais-tu de la politique ?

— Depuis que ce monde marche sur la tête.

— Depuis toujours alors !

— À ce sujet, je voulais vous parler.

Hubert constata que le visage de Michel changeait : la gêne en voilait l'expression.

— Assieds-toi.

— Si monsieur le permet, je préfère rester debout.

— Comme tu veux.

Michel se tordait les mains comme un cancre devant son maître. Il cherchait ses mots. Hubert, las de cette attente, lui lança d'une voix indifférente :

— Si c'est pour une augmentation, c'est d'accord. Allez, file, à présent.

— Ce n'est pas ça, monsieur. Voilà… Je vais quitter monsieur.

Des séparations, Hubert en avait connu, mais celle-ci n'était pas attendue. Elle le cueillait.

— Tu as trouvé un meilleur patron, ou tu vas te marier ?

Michel sourit.

— Ce n'est pas ça, monsieur… Je vais partir pour l'Espagne, pour Madrid.

— Je ne crois pas que le moment soit très bien choisi pour y partir en vacances.

— Je n'y pars pas pour les vacances, mais pour me battre.

— J'avais compris… La guerre ne t'a pas suffi ?

— Ce n'est pas pareil. Là-bas, on se bat pour des idées.

— On se bat toujours pour des idées, souvent celles des autres, mais ce sont invariablement des idées qui entraînent les hommes à se battre. Es-tu devenu communiste ?

— Peut-être, en tout cas je suis antifasciste.

— Des mots !

— Il en faut bien pour exprimer la liberté.

— Bien, puisque tu veux partir, vas-y.

— Vous ne vous mettez pas en colère ?

— Non, pas aujourd'hui, je n'en ai pas envie. Plus tard peut-être. Quand pars-tu ?

— Dans deux jours.

— Très bien. Laisse-moi à présent.

Michel commença à quitter la pièce et s'arrêta à la porte.

— Monsieur ?

— Quoi encore ?

— Merci pour l'augmentation.

— Oublie-la, tu n'auras rien de plus pendant ces deux jours !

Michel sourit et referma la porte derrière lui.

— Quel imbécile ! marmonna Hubert une fois seul.

Au fond, il était fier. Cet homme avait le courage de tout quitter pour un avenir incertain. Au moins celui-là était porteur de promesses et d'incertitudes exaltantes. Il soupira et attrapa machinalement le journal laissé sur la table par Michel. Son regard fut accroché par la photographie du jeune homme de la rixe. Comme il semblait jeune ! Vingt et un ans, précisait l'article. Il secoua la tête. *Quelle connerie !* Un simple mot avait suffi à envoyer ce garçon entre la vie et la mort. Il s'en voulait presque, mais ce n'étaient pas les remords qui le dérangeaient, tout juste le regret de s'être trouvé au mauvais endroit, au mauvais moment. Toute sa vie au fond.

Le lendemain matin, on sonna à la porte de l'appartement d'Hubert alors qu'il prenait son café. Il ne bougea pas et porta la tasse à ses lèvres. Les nouvelles du matin sont rarement bonnes, mais le café ne souffrait pas la tiédeur. Michel entra dans la pièce.

— Monsieur, il y a une personne qui désire vous voir.

— Bien, qu'elle voie !

Michel s'effaça afin de laisser le visiteur entrer. Hubert n'en croyait pas ses yeux. Il faillit lâcher sa tasse. Devant lui se tenait son frère. Ils restèrent un instant sans rien dire, s'observant. Douze années étaient passées et le visage de Charles n'était plus tout à fait le même. Ses cheveux blonds se faisaient plus rares sur son front dégarni, ses joues se trouvaient plus rondes aussi, il avait vieilli. À bien y réfléchir, Charles se faisait sans doute la même réflexion à son sujet. À se regarder chaque matin dans une glace, on ne voit pas les ans trafiquer son visage. De toute manière, Hubert se fichait pas mal de savoir son frère vieilli.

— Bonjour, Hubert.

— Installe-toi. Comment vas-tu ?

— Pas mal… Il faut que je te parle de choses importantes.

— Tu vas divorcer ?

— Non, pourquoi veux-tu que je divorce ?

— Alors tout va bien, me voilà rassuré.

L'ironie des propos d'Hubert fit froncer le front de Charles. Là encore, le temps avait bien œuvré et les rides étaient larges et profondes.

— Le gamin que tu as tabassé est mort cette nuit.

— D'abord, je n'ai pas *tabassé* ce type et c'est en tombant qu'il s'est cogné contre un lampadaire.

— Garde ces arguments pour la police, Hubert. Ce garçon a un père très influent et je doute qu'il se contente de cette version. Plusieurs témoins, des gens honorables, sont prêts à témoigner que tu l'as agressé en pleine rue.

— Je vois. Et je peux te demander ce que tu fais ici.

— Tu es mon frère et tu ne le sais peut-être pas, mais je me suis impliqué depuis un certain temps dans la vie publique.

— La politique, tu veux dire.

— J'ai contacté un bon avocat qui devrait arrondir les angles.

— Arrondir les angles ?

— Le père du garçon est un de mes soutiens et il est prêt à un compromis. Tu reconnais les faits et tu ne passes que quelque temps en prison.

— Et si je n'accepte pas ce *compromis* ?

— Tu ruinerais ma carrière et on te retrouverait un matin aussi mort que ce gamin.

— Je comprends mieux le marché, à présent ! Mais vois-tu, j'avais d'autres projets pour ces prochaines années.

— Quels projets ? demanda Charles, énervé par la désinvolture de son frère.

— J'avais pensé à l'Espagne.

— Parfait, j'ai des relations là-bas, je peux t'organiser ce voyage. Fais-t'y oublier quelque temps, après on verra.

— Ça serait mieux pour tout le monde si je m'y faisais tuer.

— Ne dis pas de bêtises, Hubert ! Tu es devenu gênant, mais je ne souhaite pas ta mort.

— C'est gentil… Mais parle-moi un peu plus de tes relations ibériques.

— Disons que j'ai des contacts… Et puis, tu ne serais pas le premier intellectuel français à t'engager… Le grand Paul Claudel n'a pas, lui non plus, hésité…

— J'ai lu son *Ode à Franco*[5], c'est à pleurer…

— C'est un point de vue, je ne suis pas expert, mais ça m'a semblé très bon.

— Dis-moi, Charles, c'est quoi exactement tes relations avec l'Espagne ?

— Je fournis des armes aux troupes nationalistes. Ils ont besoin de tous les soutiens !

— C'est bien ce que j'avais cru comprendre. Je pars me battre en Espagne, Charles, mais dans l'autre camp, celui des républicains.

— Tu es devenu fou, Hubert ? Ne me dis pas que tu soutiens cette racaille communiste ?

— Non, mais ton général Franco me déplaît fortement, tout comme Hitler et Mussolini.

[5] CLAUDEL Paul, *Ode à Franco*, Bruxelles, 1937.

— Et tu leur préfères Staline, ce fou sanguinaire ? Ouvre un peu les yeux et regarde le monde qu'il nous promet. Déjà en France, le Front populaire se croit tout permis, on court à l'anarchie et au chaos. C'est de l'ordre qu'il nous faut, de l'ordre et aussi de la discipline !

— Deux mots que je n'aime pas. À présent, je suis tout à fait convaincu. Si je ne suis pas arrêté avant, c'est en Espagne que je pars.

— Je te laisse un jour, pas plus. Après ce délai, les compagnons du gamin te rechercheront et aussi la police.

— Pourquoi un jour ?

— Parce que tu restes tout de même mon frère.

Charles se leva et commença à partir. Alors qu'il passait la porte du salon, il se retourna.

— Sois prudent ! Je prierai pour toi. Adieu.

Hubert demeura assis dans son fauteuil. Une fois seul, il laissa échapper :

— Au diable !

Puis il se leva, rajusta sa robe de chambre et appela Michel. L'homme de maison apparut presque aussitôt.

— Michel, prépare mes valises.

— Monsieur s'apprête à voyager ?

— Oui, pour l'Espagne, je t'accompagne.

— Vous, monsieur ? C'est que j'y vais pour me battre, pas pour vous servir.

— Qui parle de servir ? Tu ne crois tout de même pas que je vais laisser les fascistes bousiller mes chères *fiestas* et s'essuyer les bottes sur mes souvenirs.

— Pas très orthodoxe comme doctrine politique, patron !

— Ne t'occupe pas des doctrines : j'ai lu Marx et Engels, et aussi Lénine, je peux tenir n'importe quelle discussion idéologique avec n'importe lequel des apparatchiks soviétiques. Je pars avec toi et il n'est plus question de patron et de valet entre nous, c'est compris, mon pote ?

— Camarade, monsieur, camarade !

— Entendu. En attendant, comme je t'ai payé jusqu'à demain, prépare mes valises, nous partons à l'aube, camarade.

— Si le camarade patron est d'accord, nous pourrions utiliser la limousine, le voyage serait plus confortable et plus rapide aussi.

— Réflexes tout à fait bourgeois, camarade, et dignes d'un social-démocrate mou. Mais tu as raison, prépare-la. Un peu de confort dans la révolution ne peut pas nuire. Laisse-moi à présent, j'ai des affaires à régler.

— Bien, monsieur. Vous êtes un drôle de type, tout de même.

— C'est ce que disent toutes mes maîtresses. File à présent.

Le soir trébuchait sur les derniers rayons de soleil. Hubert avait réussi à régler toutes ses affaires et les valises étaient enfin closes. Dans la matinée, il avait câblé à Valence, à une de ses connaissances, son intention de rejoindre les Brigades internationales. En retour, il reçut une réponse enthousiaste de Malraux.

Au début des années trente, il avait rencontré ce jeune écrivain exalté et, tout de suite, ces deux-là s'étaient appréciés. Malraux avait une vision juste de la situation européenne. Ce n'était pas à proprement dit un révolutionnaire, plutôt un révolté, et cette révolte plaisait bien à Hubert. C'est André Gide qui les fit se croiser. Lui aussi avait appris la lucidité. Il demeurait un homme de gauche, mais à se frotter de trop près à la société moscovite, il avait ouvert les yeux sur le système stalinien et ses monstruosités. Malraux, lui, restait plus pragmatique, et il savait que le conflit espagnol ne pouvait être remporté sans l'aide de l'Union soviétique. Il n'avait pas hésité à joindre les troupes républicaines dès 1936, mettant sur pied une escadrille d'avions de guerre. On le nomma colonel, ce qui pour un lauréat du Prix Goncourt n'était pas une chose habituelle. À présent, il faisait office de ministre des Affaires étrangères de la République. Il parcourait les démocraties endormies afin de trouver des fonds nécessaires pour continuer la résistance. Autant de conviction et d'énergie palliaient, au vu des autorités de Valence, sa tiédeur stalinienne. Hubert était satisfait, au moins ne serait-il pas trop mal reçu.

Jamais auparavant il n'avait pensé s'engager dans cette aventure. Elle ne le tentait pas, trop lointaine sans doute, et puis

Hubert n'était pas un homme de convictions. Aucune cause, aussi noble fût-elle, n'arrivait à l'impliquer. Les derniers événements avaient tout chamboulé et en particulier la position de son frère. C'était un réflexe puéril, mais les propos de Charles lui étaient insupportables et il se devait de les relever. De toute manière, il ne se voyait pas croupir au fond d'une prison. Il n'était pas mécontent de sa décision et une sorte d'enthousiasme l'envahissait. Une nouvelle vie s'ouvrait devant lui, même si, pour le moment, il n'en appréhendait pas les difficultés. Il aurait le temps de voir venir. Son existence ici ne valait rien, en changer ne pouvait que lui rapporter. Il ne considérait pas cet engagement comme une fuite, plutôt comme un nouveau départ, un trait tiré, une page tournée. La politique aujourd'hui ne l'intéressait pas plus qu'hier, mais tant qu'à se battre, autant choisir son camp. Après ? L'avenir ne le préoccupait pas. Ne pas posséder d'avenir rend plus libre.

La sonnette de la porte d'entrée se manifesta. Une fois, puis à nouveau. Michel entra dans la pièce où se trouvait Hubert. Il semblait tout affolé et tenait dans sa main droite un revolver.

— C'est certainement la police, monsieur.

Hubert ne montrait rien de son émotion.

— Ne dis pas de bêtises, mon frère m'a déclaré qu'elle ne bougerait pas avant demain, et puis l'heure légale est dépassée. Tu peux me dire ce que signifie cette arme ?

— Ça, monsieur ? C'est en cas de coup dur !

— Oui et bien range-la et va ouvrir, notre visiteur va finir par s'impatienter.

— Comme monsieur voudra, mais si ça chauffe, j'interviens !

— C'est ça.

Michel se retira, l'arme rangée dans sa ceinture.

— Ma parole, il se croit déjà en Espagne.

Michel fut le premier à réapparaître dans la pièce. Il n'y avait pas eu de coup de feu, les intentions du ou des visiteurs devaient être pacifiques. Le majordome s'écarta, et le salon fut délicieusement envahi par la fragrance d'un parfum qu'Hubert connaissait bien. Il se redressa sur son fauteuil et tendit son regard en direction de la porte. À la suite de Michel, elle apparut. Elle se tenait là, prise dans un manteau de vison au large col. Elle se tenait là et pétrifia pendant un instant Hubert. Il finit par se lever.

— Aurélia ? Que faites-vous ici ?

— Charles m'a tout raconté. J'avais peur que vous soyez déjà parti.

— C'est lui qui vous envoie ?

— Non, il ne sait même pas que je suis ici. Je voulais vous prévenir.

— Me prévenir de quoi ?

— La police va venir vous arrêter demain matin, à l'aube. Charles n'a pas pu les retenir davantage. Le père du garçon a fait pression et…

— Je vous remercie, je saurai mettre à profit ce renseignement.

— Charles m'a aussi dit que vous comptiez partir en Espagne, pour vous battre.

— C'est la vérité.

— Je vous en prie, renoncez à cette folie !

— Il est trop tard, Aurélia, elle s'est inscrite dans mon esprit et la prison ne me tente pas vraiment.

— Je comprends cette fuite… La mort de ce garçon était un accident, n'est-ce pas ?

— Oui, un accident de la vie.

— Alors, pourquoi ne partez-vous pas pour les États-Unis, vous y seriez tout autant en sécurité ?

— Parce que je déteste le bateau et qu'à présent, c'est en Espagne que ça se passe.

— Vous voulez donc mourir ?

— Je n'ai pas encore décidé de ce détail.

— Quittez cette ironie, je vous en prie.

— Aurélia, pourquoi êtes-vous là ?

— Je vous l'ai dit, pour vous prévenir. Et puis… Je ne pouvais pas vous laisser partir sans vous revoir. Sans réellement savoir…

Leurs deux corps se rapprochaient doucement l'un de l'autre. En avaient-ils encore le contrôle ? Seuls leurs souffles occupaient à présent l'espace qui les séparait. Leurs regards ne se quittaient plus et se faisaient sincérité, abandon.

— Prenez-moi dans vos bras, Hubert, et serrez-moi fort, très fort.

En s'unissant, ces deux corps oubliaient le monde et, pour un instant, le monde les oublia. Un instant de bonheur.

— Embrassez-moi.

Ce n'était pas une supplique, ni un ordre, mais un souffle de désir sincère. Hubert y répondit, goûtant au rouge de ces lèvres offertes. Ce n'était pas la conquête longtemps imaginée, pas même une revanche, juste une délivrance.

Leurs corps, en se séparant, se déchirèrent.

— Je dois à présent partir.

Du regret voilait cette phrase arrachée sans réelle volonté et qui mettait fin à l'instant précédent.

— Aurélia, partez avec moi !

— Je ne le peux, Hubert.

— Pourquoi ?

— Revenez vite.

Déjà, elle s'écartait.

— Je vous attendrai.

— Mais…

Elle déposa un baiser sur les lèvres d'Hubert, et il eut le goût amer du départ.

— Je vous en prie, soyez prudent.

Elle fuyait plus qu'elle ne quittait la pièce, sans se retourner, ne voulant dévoiler ses yeux noyés de larmes et de tristesse.

Hubert se tenait au milieu du salon, sans vie, le regard sur cette porte qui venait de se refermer. Son corps entier était paralysé, pris par l'instant passé, et lorsque la vie revint, il était trop tard.

— Michel ! cria-t-il, prépare la voiture, nous partons tout de suite.

Michel entra dans le salon.

— Nous n'attendons pas le matin, monsieur ?

— Non.

Il n'ajouta rien de plus.

CHAPITRE XIV

Madrid, mars 1937

L'Hispano avait franchi les premiers faubourgs de Madrid et s'enfonçait au cœur de la ville. Des hommes s'affairaient autour des barricades, véritables murs percés d'ouvertures pour les fusils. Ils attendaient de pied ferme les fascistes. *¡No pasarán*[6]*!* Ce cri de guerre résonnait comme une véritable profession de foi. Ils ne devaient pas passer, et tout un peuple avait pris les armes pour que la cité ne tombât jamais. Pour le moment, elle tenait bon. Mussolini, gorgé de vanité, décidé à emporter cette pièce maîtresse de l'échiquier espagnol, avait lancé toutes ses forces à Guadalajara, le verrou nord de l'ancienne capitale. La République lui opposa les troupes des Brigades internationales. À un contre cinq, les républicains avaient remporté la victoire. Ils n'étaient pas passés et Madrid, pour l'instant, était sauvée ! Hubert et Michel revenaient de ce front fait de froidure, de neige, de sang et de peur. À peine débarqués, ils avaient été incorporés à la XIe Brigade. Ils avaient

---

[6] Ils ne passeront pas !

aussitôt participé aux premiers combats de Guadalajara. Une mise en jambes effroyable.

Assis à l'arrière de l'Hispano-Suiza, Hubert regardait la ville défiler devant lui. Une étrange atmosphère y régnait. Ce n'était ni la guerre ni la paix, mais une sorte de *no man's land* en attente. Des immeubles entiers étaient détruits, d'autres dépourvus de leur façade offraient aux passants l'intimité perdue d'une vie réduite en gravats. Plus loin, aucune trace de bombardement, rien, si ce n'était ces longues files de femmes en noir attendant la distribution de rares vivres. À un carrefour, des cadavres déchiquetés par un obus, que l'on emportait dans un camion déjà plein. Madrid attendait d'être fixée sur son sort, l'heure de son exécution et, jusque-là, il fallait bien vivre. Hubert ne disait rien. Son regard fatigué s'attardait sur le moindre visage, sur la moindre pierre. L'ombre de la guerre planait sur cette ville et en effaçait toute couleur.

La voiture emprunta la *Gran Via* et vint se garer devant la façade Art nouveau de l'hôtel Florida. La majesté du bâtiment n'émut pas le Français.

— Nous y voilà, *comandante*, dit Michel en serrant au plus près le trottoir.

Machinalement, Hubert posa son calot sur la tête et l'ajusta de sa main droite. Sur les bords de ce couvre-chef de couleur fauve, quatre galons d'or signifiaient le grade de son propriétaire. En dehors de cet attribut militaire, rien de ce qu'il portait ne le rattachait réellement à l'armée. Un simple blouson de cuir brun doublé de mouton, un demi-hussard en guise de pantalon et des bottes noires composaient un uniforme pour le moins fantaisiste. Une barbe de trois jours commençait à lui ronger le visage.

Après ce mois de combats, ses supérieurs lui avaient donné la permission de regagner Madrid pour quelques jours. *Il avait fait du bon boulot*, même si son allergie à l'autorité en faisait un soldat peu malléable. Ses convictions politiques laissaient, elles aussi, à désirer aux regards des agents du *Komintern*[7]. Seul son statut d'écrivain de renom lui avait épargné de disparaître au détour d'une tranchée.

Hubert l'avait tout de suite compris, cette guerre concernait bien les Espagnols et tous ces étrangers venus se battre à leurs côtés, mais c'était avant tout un formidable instrument de propagande pour Staline. Rien ne devait lui échapper et ses hommes noyautaient tous les niveaux, aussi bien militaires que politiques. Cette révolution se devait d'être stalinienne et tout écart à cette ligne entraînait une mort immédiate. Le NKVD[8] était partout, à l'affût du moindre comportement antirévolutionnaire, ou d'une parole qui n'entrait pas dans le cadre étroit de la doctrine. Hubert en ressentait du dégoût et aussi de la colère.

En entrant dans le grand atrium de l'hôtel Florida, il voulait oublier ce mois de combats si éprouvant. Malraux lui avait laissé sa chambre qu'il n'occupait plus depuis longtemps et lui avait conseillé de se faire un peu oublier : *Tu as fait de bonnes choses à*

---

[7] Internationale communiste (1919-1943) dirigée d'une main de fer par Staline.

[8] Commissariat du peuple aux Affaires intérieures : organe policier de l'URSS, chargé de contrôler la population et maintenir l'autorité de Staline dans les territoires sous sa coupe. Responsable des Grandes Purges staliniennes (environ 3,5 millions de morts).

Guadalajara, mais tu l'ouvres un peu trop aux regards de nos amis de Moscou, lui avait-il dit. *Tu n'as pas tort dans le fond, mais nous avons une guerre à gagner et, sans les Russes, nous ne la gagnerons jamais. Une grande partie de l'avenir de l'Europe se joue ici...* avait-il ajouté.

Toujours les mêmes compromis !

Michel, lui aussi, s'était battu comme un lion. Il ne se posait pas de question. *Foutons déjà les fascistes dehors, ensuite, il sera toujours temps de voir ce qu'il y a à faire*, avait-il l'habitude de dire avec son simple bon sens populaire.

L'hôtel Florida était le lieu de ralliement des célébrités en mal de sensations. Il était de bon ton pour ces vedettes de Broadway ou Hollywood de se faire prendre en photo devant un immeuble détruit par des obus nationalistes, et de déclarer haut et fort à leur retour : *J'y étais !* Encore une tromperie, une publicité macabre faite sur le dos des Madrilènes, car dans les faits, ils ne quittaient pas l'hôtel et se terraient dans leurs chambres au moindre coup de canon. *Tiens, Errol Flynn*, pensa Hubert en voyant la vedette en train de siroter son verre à une table. *S'il était venu avec son arc, il servirait au moins à quelque chose !* Hubert, désabusé, secoua la tête.

Son attention fut attirée par une étrange silhouette. Elle se tenait là, plantée au milieu de l'atrium. Une magnifique femme blonde, toute en jambes, enveloppée dans un somptueux manteau de fourrure gris argenté. *Encore une poupée échappée de sa nursery londonienne ou new-yorkaise. Plutôt séduisante.*

Une voix puissante couvrit le ronronnement des discussions du grand hall.

— Martha !

Elle venait du haut de la mezzanine.

La jeune femme leva la tête. Elle s'appelait donc Martha. C'était déjà ça, au moins Hubert connaissait son prénom. La voix reprit :

— Dépêche-toi de me ramener ces foutues bouteilles.

À bien y réfléchir, cette voix n'était pas inconnue au Français. Elle remontait à un temps presque oublié, celui de la paix et de la vie facile. La voix se fit silhouette en haut des escaliers et cette apparition fit sourire Hubert.

— D'Arzacq… Ça alors !

— Hem' !

Le surplombant d'un étage, la carcasse massive d'Hemingway commençait à dévaler l'escalier. Hubert se dit qu'il n'avait pas trop changé. Bien sûr son visage s'était arrondi et le cheveu tiré en arrière se faisait plus fin, mais c'était toujours le même homme ; avec douze années de plus. Une barbe taillée de près encadrait la même mâchoire massive et ses yeux plissés par un sourire généreux distillaient toujours cette énergie qui le caractérisait autrefois. Son torse et ses jambes impressionnaient par leur robustesse. Il était vêtu d'une simple robe de chambre légère, cueilli sans doute par un réveil tardif. Les deux hommes se prirent dans les bras. Tous autour d'eux assistaient à la scène sans un mot. À lui seul, Hemingway occupait tout l'espace.

— Que faites-vous là, Hubert ? demanda-t-il de sa voix forte.

— Paris m'ennuyait un peu, j'ai pensé que l'Espagne m'apporterait plus de distractions.

Les deux hommes se mirent à rire. La jeune femme au manteau de fourrure se tenait tout près, ne sachant que faire.

— Venez, montons à ma chambre, vous m'expliquerez. Mais dites-moi, ce lieutenant, n'était-il pas à votre service autrefois à Paris ?

— Oui, c'est bien Michel, vous avez une bonne mémoire.

— Concernant cette époque, sans aucun doute. Qu'il vienne avec nous !

Le regard de Hem' croisa celui de la jeune femme en manteau de fourrure. Elle était restée en dehors des présentations et en ressentait une contrariété.

— Ah, j'allais presque oublier, rajouta-t-il, permettez-moi de vous présenter Martha Gellhorn, nous travaillons ensemble sur un projet.

Martha ne sembla pas satisfaite de la présentation laconique de Hem' et Hubert perçut qu'entre ces deux-là existait autre chose qu'un simple projet. Cependant, il feignit de ne rien remarquer. Il cueillit la main qui s'avançait et y déposa un baiser.

— Enchanté, mademoiselle Gellhorn. C'est toujours pour moi un plaisir de faire la connaissance d'une aussi ravissante jeune femme. Vous êtes très élégante aussi.

L'ironie à peine voilée de sa dernière réflexion n'échappa à personne. Michel retint avec difficulté un sourire et Hem' dévoila sur une largeur impressionnante une dentition bien blanche. Le visage de Martha se referma.

— Sachez, monsieur, que ce manteau m'a été offert par les combattants des Brigades internationales. Le porter est pour moi un devoir et un honneur !

— C'est l'ensemble des hommes de l'armée républicaine qui a dû se cotiser pour vous offrir pareil présent. Ceux qui m'accompagnaient à Guadalajara n'avaient pas de quoi se payer des chaussures dignes de ce nom… Un très beau cadeau en vérité. On dit que le renard argenté revient à la mode à Paris, vous y ferez fureur lors de votre prochain passage, croyez-moi.

Cette fois-ci, Michel ne put s'empêcher de rire. Hem' avait lui aussi du mal à masquer son amusement devant le trait du Français. Mlle Gellhorn semblait mortifiée. Elle finit par laisser échapper :

— Vous m'êtes très antipathique, monsieur !

Ayant dit cela, elle tourna les talons et s'en alla, furieuse.

— Vous ne vous êtes pas fait une amie, Hubert.

— C'est l'inconvénient des guerres civiles, on ne sait jamais vraiment où se trouve l'ennemi.

— En tout cas, vous avez eu raison. Depuis son arrivée à Madrid, elle ne cesse de raconter cette fable au sujet de son manteau. Personne ne la croit, mais personne n'a jamais osé le lui dire. Au moins, ça, c'est fait. Allez, suivez-moi, vous devez être morts de faim.

CHAPITRE XV

Au premier étage de l'hôtel, une odeur d'œufs frits et de bacon grillé aiguisa les appétits des deux Français. Ils suivirent Hemingway jusqu'à la chambre 108. Là, ils trouvèrent un homme qui s'affairait au-dessus de deux poêles posées sur un réchaud. Toute la pièce embaumait la promesse d'un bon petit-déjeuner.

— Permettez-moi de vous présenter Sidney Franklin, mon secrétaire. Sid est le seul *matador* de Brooklyn et de tous les États-Unis. C'est un garçon très débrouillard, il n'a pas son pareil pour trouver de quoi manger dans Madrid.

— Il semble également ne pas trop mal se débrouiller en cuisine ! ajouta Hubert. Enchanté, Sid.

Franklin serra les mains des deux invités, puis se concentra à nouveau sur les œufs et le bacon qui frémissaient dans l'huile. Une agréable odeur de café se mêlait à celle du breakfast en préparation. Un gramophone diffusait un air de piano, du Chopin. Près du lit, sur une des tables de chevet, Hubert fut intrigué par la présence d'un vieux revolver de calibre 32.

— Vous avez besoin de cette vieille pétoire pour vous sentir en sécurité, Hem' ?

— Ce *Smith & Wesson* appartenait à mon père. Il date de la guerre de Sécession. C'est avec cette arme qu'il s'est suicidé.

— Je suis désolé, je ne savais pas.

— Il y a plus de neuf ans… Juste après sa mort, ma mère me l'a envoyée, armée et en parfait état de fonctionner. Elle sentait encore la poudre.

Hemingway lâchait cette anecdote sans intonation, comme s'il parlait de son premier caleçon long. Hubert et Michel se sentaient un peu gênés. Ils n'insistèrent pas pour en connaître les détails, mais Ernest semblait détester sa mère.

— Vous pouvez vous mettre à table, c'est prêt.

L'annonce de Sid détendit un peu l'atmosphère. Tous se positionnèrent autour de la table dressée en hâte.

— Attendez, j'ai de quoi donner du corps à ce café ! dit Hem'.

Ernest se leva, souriant, et se dirigea vers la grande armoire qui occupait tout un pan de mur de la chambre. Il l'ouvrit et quelle ne fut pas la surprise de ses hôtes en découvrant ce qu'elle contenait. Devant leurs yeux écarquillés étaient alignée une quantité de boîtes de conserve, de jambons, de saucissons, d'œufs et autres victuailles. Il y avait aussi, bien entendu, un nombre impressionnant de bouteilles d'alcool et de vin. *Une véritable épicerie !* pensa Hubert.

— Vous avez de quoi tenir tout un siège ! lui lança-t-il.

— Quand on vient sur le front, il faut savoir prévoir. Ce n'est pas comme cet imbécile de Dos Passos qui, lui, est arrivé les mains vides.

— Dos est ici ? demanda alors Hubert, stupéfait par la nouvelle.

— Vous le connaissez ?

— Un peu, nous nous sommes rencontrés à Paris chez des amis communs. Il m'a paru très brillant, légèrement emporté peut-être par ses idées politiques, mais tout à fait intéressant. En tout cas, ses bouquins sont très bons.

— C'est un imbécile, et je n'ai pas envie de parler de lui ! coupa Hem' avec de la colère dans le regard.

— N'en parlons plus... Mais je croyais que vous étiez amis.

— L'imparfait est bien le temps adéquat au sujet de notre relation. Tenez, goûtez-moi ça.

Hem' revint à table en tenant dans sa main droite une bouteille de ce qui semblait être de l'alcool. Il commença à le verser dans le café de ses invités.

— C'est du marc, mais il n'est pas mauvais du tout.

— Quand on revient d'où on revient, tout paraît merveilleux, croyez-moi sur parole ! Et ce petit-déjeuner me semble être le plus grand des festins que j'aie jamais faits.

— Venant d'un homme comme vous, je prends ça comme le meilleur des compliments. Mais dites-moi, vous êtes vraiment commandant de l'armée républicaine ?

— En arrivant à Valence, Malraux était tellement content de me revoir et de mon ralliement à la cause, qu'il a voulu me nommer colonel. C'est le grade qu'il occupe en plus de son rôle officieux de ministre de la Propagande de la République. Par modestie, j'ai refusé.

— Par modestie ? s'étonna Hem'.

— En fait, les colonels ne m'avaient pas laissé un bon souvenir lors de la dernière guerre. J'ai fini par accepter celui de commandant.

— Monsieur était lieutenant en 1914, intervint Michel.

— Une promotion de deux grades en vingt-trois ans me semblait à peu près équitable. Je tiens à préciser que le mess des officiers est tout à fait déplorable dans ce pays. Mais bon, c'est la guerre et comme toutes les places de général étaient prises…

— Et Michel ?

— J'ai aussi négocié son grade de lieutenant auprès de Malraux, mais il se bat tellement bien qu'on aurait dû le nommer maréchal. Si on le suivait, les fascistes seraient à présent repoussés jusqu'au Maroc.

— Mais en vérité, qu'est-ce qui fait qu'un gars comme vous se retrouve dans cette guerre ?

— Un coup de poing un peu trop appuyé.

— Monsieur a dégommé un fasciste à Paris.

— D'un seul coup de poing ? s'étonna Hem'.

— Un lampadaire m'a beaucoup aidé. Au fond, ce n'était qu'un accident, un malheureux accident, le gosse n'avait que vingt et un ans.

— L'âge d'à peu près tous les morts de Guadalajara, rajouta Michel.

— Sans doute, mais Paris n'est pas Guadalajara.

Hemingway se mit à rire.

— Je laisse un dandy dilettante à Paris et je le retrouve douze ans plus tard héros de la République. Je suis certain que cela cache une autre raison.

— Sans doute, mais celle-là est personnelle.

— Je suis sûr qu'il y a une femme là-dessous !

Hubert préféra ne pas répondre. Son regard fuyant apporta pourtant une réponse claire à l'Américain.

À nouveau Hem' se mit à rire.

— Il y a douze ans, vous étiez déjà amoureux d'une femme et… non, ne me dites pas que c'est la même ?

— Est-ce ma faute si elle réapparaît tous les douze ans ?

— Alors en fait, vous êtes un romantique !

Michel crut s'étouffer à l'affirmation d'Hemingway.

— C'est ça, continua Hem', sous l'apparence du grand prédateur du genre féminin, un romantique sommeille.

Ernest et Michel éclatèrent de rire. Curieusement, Hubert ne réagit pas. Il prenait l'attaque plutôt bien, trop las sans doute pour répliquer. Il attendit que les rires s'éteignent d'eux-mêmes.

— Et vous Hem', que faites-vous ici ? Laissez-moi deviner… Afin de filer le parfait amour avec la grande blonde au manteau de fourrure, vous vous êtes trouvé ce petit hôtel tranquille au milieu de la guerre et à l'abri de votre nouvelle femme.

Cette fois-ci, Hemingway ne rit pas.

— C'est plus important que ça ! Je suis ici pour défendre la cause !

Il martelait chacun de ses mots comme pour leur donner plus de poids.

— Ici, dans cet hôtel ?

— Nous réalisons un film pour soutenir le peuple espagnol.

— Ne croyez-vous pas que le fusil est plus efficace que la plume ou la caméra dans ce genre de combat ?

La discussion prenait une autre tournure. La bonne humeur laissait la place à l'affrontement. Hem' se leva, le visage déformé par la colère.

— Ce film fait aussi partie de la lutte ! Il servira à convaincre les démocrates de la planète que le danger est ici et que c'est ici qu'il faut l'arrêter avant qu'il ne submerge l'Europe et le monde entier !

— Alors dans votre film, demandez des munitions et aussi des canons, parce que c'est ce qui manque le plus pour repousser les fascistes !

À ce moment, un sifflement aigu arrêta net la discussion. Il venait de l'extérieur et se faisait rapidement plus intense. Tous devenaient attentifs. Une forte explosion suivit.

— Bon sang, ils remettent ça ! Ces salauds de nationalistes nous bombardent !

Une nouvelle explosion vint ponctuer la phrase d'Hemingway.

— Cette fois-ci, ils semblent prendre pour cible l'hôtel, rajouta-t-il.

Du couloir venaient des cris. Hubert et Michel poursuivaient leur petit-déjeuner.

— Rasseyez-vous, Hem', ils finiront par se lasser, ils finissent toujours par se lasser.

— Vous me preniez pour un dégonflé, Hubert, eh bien suivez-moi, je vais vous montrer !

Ernest attrapa une bouteille de cognac et trois verres.

— Je vous propose, messieurs, de terminer cette bouteille sur la place de *Callao*, juste devant l'hôtel.

— N'est-ce pas précisément la façade que visent les artilleurs ? demanda Michel.

— Alors, vous venez, ou vous avez peur ?

— Ce cognac me semble très honorable, répondit avec calme Hubert, je ne vois aucune raison valable de ne pas y goûter.

— Très bien, alors allons-y, conclut Hemingway.

Dans le couloir, les gens se pressaient, la plupart criaient et cherchaient refuge dans la partie sûre de l'hôtel. Seuls les trois hommes allaient à contresens, en direction du lieu d'impact des obus. Ils croisèrent Martha Gellhorn.

— Hem', mais où vas-tu ? lui lança-t-elle.

C'est à peine s'il la regarda, le visage toujours fermé à double tour.

— Boire un coup ! se contenta-t-il de lui répondre.

À l'étage inférieur, ils trouvèrent le vaste atrium désert. Les verres pleins étaient abandonnés et les cigarettes finissaient de se consumer dans les cendriers. La panique avait saisi tous ces touristes mondains de guerre. Cette fois-ci, les sensations devenaient trop fortes pour eux.

Sans hésitation, Hemingway, suivi par les deux Français, franchit la porte d'entrée. Un obus fit voler en éclats les vitres du rez-de-chaussée. Ils continuèrent leur marche, attrapant au passage un guéridon et trois chaises et allèrent s'installer au milieu de la place de *Callao*.

Les obus s'abattaient non loin avec la régularité d'un métronome. Hem' déboucha la bouteille et commença à remplir les verres.

— On est tout de même mieux à l'extérieur qu'enfermés dans les caves de l'hôtel, déclara-t-il, apparemment plus détendu.

— L'air est un peu vif, mais plus sain que dans ces chambres… tenta de relever Michel.

Sa phrase fut abrégée par l'explosion d'un projectile sur la place.

— Ces artilleurs tirent comme des cochons ! s'exclama Hemingway. À la santé de la République !

Les verres se levèrent et se vidèrent en suivant. Un obus éclata non loin de la table, si bien que l'explosion leur souffla le visage. Une fois la poussière dissipée, tous trois constatèrent que personne n'était blessé. Les verres se remplirent à nouveau.

— Que voulez-vous prouver, Hem' ? demanda Hubert.

— Que je ne suis pas un lâche et que je vaux, par mon engagement pour la cause, autant que vous.

— Vous avez la susceptibilité d'une pucelle, Hem'.

— Ne dites pas ça, patron, sinon on va finir cette bouteille à l'état-major de Franco !

Un nouvel obus atteignit le mur de l'hôtel qui leur faisait face.

— Le calibre de ces obus est trop petit pour réellement mettre en danger la structure du bâtiment, constata Hubert.

Un obus s'abattit sur un immeuble voisin et fit voler en éclats toute sa façade.

— Quoique… rectifia le Français. Resservez-moi un autre verre, j'ai la gorge sèche.

— Je vais vous dire une chose, Hubert, ici, en Espagne, je sens que je revis.

— C'est vrai qu'en hiver, l'air y est plutôt vif.

— Il ne s'agit pas de cela… Après mes premiers succès, je me suis installé dans une sorte de coma littéraire et ma vie ne valait pas mieux.

— J'ai lu votre recueil de nouvelles, *Les Vertes Collines d'Afrique*[9], j'ai trouvé ça tout à fait admirable. Ainsi que *Les Neiges du Kilimandjaro*[10], même si c'est d'une aigreur remarquable.

Un obus déchira le ciel et vint éclater au-delà de la place.

— Ah, les artilleurs perdent un peu de leur précision, fit remarquer Michel avec une pointe de soulagement dans la voix.

Hem' regardait Hubert avec satisfaction. Il se sentait flatté par sa dernière réflexion. L'orgueil un instant gorgea son visage souriant.

— Vous êtes un écrivain célèbre, et dans le monde entier, de quoi vous plaignez-vous ?

Le visage de l'Américain se referma.

---

[9] HEMINGWAY Ernest, *Green Hills of Africa*, Scribner, New York, 1935.
[10] HEMINGWAY Ernest, *The Snows of Kilimanjaro*, Esquire, 1936.

— Mon dernier roman, *En avoir ou pas*[11], n'est pas bon. L'histoire ne se tient pas, ce n'est pas moi, mais j'ai voulu m'obstiner, le terminer coûte que coûte. L'aigreur et l'acide emportaient tout… Je devenais fou, hystérique… La mort me cernait, elle était là, à rôder autour de moi avec cette odeur d'échec… L'alcool rongeait toute mon existence… Ma vie avec ma femme Pauline n'était que conflits, incompréhensions… Pourtant, je l'aime… Oui, vraiment. La seule chose qui m'ait empêché de me suicider est que je ne voulais pas laisser à mes enfants l'image de leur père, la tête défoncée par une balle de calibre 32. Le bouquin n'était pas bon et mon obstination n'y a rien fait… Dos Passos a bien réussi dans ce registre, le réalisme social. Les critiques de gauche, les intellectuels sont unanimes à son sujet. Même Fitzgerald bavait devant son *Manhattan Transfer*[12] ! Il a eu droit à la couverture de *Times*. Moi, je ne suis qu'un avatar de la *génération perdue* et je n'ai tenu aucune de mes promesses de ces années-là.

— Faites ce que vous savez faire, Hem', et ne vous embarquez pas sur des eaux que vous ne connaissez pas.

— Le renoncement n'est jamais une victoire ! Ici, vous comprenez, je revis et tout mon être se remplit de cette force. C'est ici que ça se passe et c'est ici que je me ressource.

— La guerre révèle souvent les hommes… quand elle ne les tue pas.

---

[11] HEMINGWAY Ernest, *To Have and Have Not*, Scribner, New York, 1935.

[12] DOS PASSOS John, *Manhattan Transfer*, Harper, New York, 1925.

— J'ai dans ma tête deux romans, ou plutôt un roman et une pièce de théâtre. Ils sont là et ne demandent qu'à sortir.

— Libérez-les et libérez-vous. Oubliez les critiques, Dos Passos et tous vos démons, et si le désordre règne toujours dans votre vie et votre esprit, tâchez de faire avec. On a tous nos petits soucis, et dans ce pays en ce moment, croyez-moi, ils sont ridicules et ne flattent que notre ego.

Les obus ne tenaient plus la cadence. Ils se faisaient de moins en moins fréquents.

— L'orage semble être passé, dit Michel, peu concerné par la discussion.

— Oui, et la bouteille est vide. Je crois qu'on peut rentrer, maintenant, ajouta Hubert.

Les deux Français se levèrent. Hem' demeura assis, les yeux dans le vague.

— Allez, mon vieux, ne pensez plus à tout ça !

L'Américain ne répondit pas.

— Ne restez pas là, vous allez attraper mal, il fait un froid de canard.

— Je vous suis.

Sa voix était sans intonation, lointaine. Il souleva sa grande carcasse et commença à rejoindre ses deux compagnons. Il boitait légèrement : souvenir laissé par la Première Guerre.

Quand ils atteignirent l'hôtel, l'atrium reprenait vie. Les employés, les premiers, commençaient à investir les lieux, suivis par les plus téméraires des clients. Déjà les commentaires allaient bon train. La peur de l'événement passé entraînait chez eux une véritable dysenterie verbale. Un autre souvenir à inscrire dans la mémoire et à ressortir lors d'un prochain dîner à New York ou à Londres. Les trois hommes atterrissaient sur une autre planète. Les éclats n'étaient plus ceux des obus, mais appartenaient à ces hommes et femmes, troublés par tant d'émotion. Parmi eux se trouvait un homme au visage rond, le front dégagé où venaient se planter des cheveux noirs peignés en arrière. Décontracté, il distribuait à qui en voulait des pamplemousses. Hubert le reconnut tout de suite.

— Saint-Exupéry, que faites-vous ici ? Je vous croyais en Amérique du Sud en train de survoler la Cordillère des Andes, ou en Libye au-dessus des sables du Sahara.

— D'Arzacq, ça alors ! D'où sortez-vous, accoutré de la sorte ?

— De Guadalajara, histoire de botter le train des Italiens.

— Ils seraient donc venus avec leurs femmes ?

Les deux hommes éclatèrent de rire en se faisant la fraternelle accolade.

— Je suis envoyé par *Le Soir* pour couvrir le conflit. C'est la deuxième fois que je viens en Espagne. Ce qui s'y passe n'est pas beau à voir. L'homme ne vaut pas grand-chose ici !

— Non, vous avez raison.

Hem' passa à côté des deux hommes. Sans même arrêter son pas, il lança à Hubert :

— Nous nous voyons ce soir pour le dîner, je viendrai vous prendre dans votre chambre.

— Entendu. À ce soir, Hem'.

L'Américain ne répondit pas et s'engagea sans broncher dans le grand escalier.

— Vous connaissez Hemingway ? demanda Saint-Exupéry.

— On peut dire que c'est une vieille connaissance.

— C'est un bon écrivain, mais je le trouve un peu… Comme dirais-je ? Grande gueule… Matamore.

— Vous avez raison, Antoine, mais c'est tout de même un chic type, un peu perdu, mais un chic type.

— Si monsieur le permet, un peu fêlé aussi, intervint Michel.

— Un peu fêlé aussi ! confirma Hubert.

Les trois hommes se mirent à rire. Ils formaient un petit groupe à part au milieu du vaste atrium qui se trouvait à nouveau envahi.

— Je rentre à Paris, mes papiers sont finis. Je crois que je vais rajouter quelques lignes sur notre rencontre.

— Je préférerais que vous l'évitiez, Antoine !

— Je comprends… J'ai lu dans le journal une sale histoire vous concernant. C'est un accident malheureux, Hubert, tout le monde en convient. C'est dommage, ça aurait fait un bon article : *El comandante d'Arzacq parti botter les fesses des Italiens à Guadalajara.* Ç'aurait eu de la gueule.

— Oui, mais je ne préfère pas.

— Rassurez-vous, je respecte votre choix. Il n'y aura aucun mot sur votre présence ici. Je peux même dire que la dernière fois que je vous ai vu, c'était à Tripoli, si ça peut vous agréer.

— C'est gentil, mais ça ne sera pas nécessaire.

— Bien, il faut que j'y aille. Hubert, je vous souhaite… Eh bien, je vous souhaite tout ce que vous voulez !

— C'est ça, je choisirai. À la prochaine, Antoine. Mes amitiés à Paris !

Saint-Exupéry se débarrassa de ses derniers pamplemousses et quitta, tout sourire, l'hôtel.

— Un chic type ce Saint-Ex ! déclara Hubert à Michel. D'ordinaire, je n'aime pas trop les aviateurs, mais avec lui c'est différent.

— Qu'est-ce que je fais des pamplemousses ?

— Garde-les, on pourra toujours en faire un cocktail.

CHAPITRE XVI

En retrouvant sa chambre, Hubert ne s'était pas tout de suite couché. Une fatigue trop grande et le cognac d'Hemingway le maintenaient dans une sorte d'énervement qui l'empêchait de trouver le sommeil. Il se mit à la table, face à la fenêtre. Machinalement, il prit le stylo dans la poche intérieure de son blouson. Il pensait à Aurélia et à toutes ces occasions manquées. Il soupira. Dehors, une neige fine tombait d'un ciel gris et bas. Rien de très réjouissant. Il voulut coucher quelques mots sur le papier, mais n'y parvint pas. Il se contenta de relever le regard et accorda son âme à ce triste tableau. Le visage de la jeune femme y flottait.

Aux alentours de dix-neuf heures, Hubert retrouva Michel dans l'atrium. Il avait fini par croiser le sommeil et son visage à nouveau rasé présentait des traits plus détendus.

— J'ai une faim de loup, déclara Michel, ce sont les gargouillis de mon ventre qui m'ont réveillé.

— Si Hem' tarde à venir, nous tâcherons de nous débrouiller tout seuls.

À peine avait-il terminé sa phrase que l'Américain, enveloppé du froid de l'extérieur, faisait son entrée dans l'hôtel. La gabardine beige qu'il portait rendait plus imposante encore sa carrure de boxeur. Une sorte de bonnet coiffait son chef. En dessous, son visage écarlate semblait vouloir éclater sous les morsures du froid.

— Ah, vous êtes là ! Parfait.

En disant cela, Hem' se tapait sur les épaules pour se débarrasser du givre qui le recouvrait tout entier.

— Il fait un froid de canard. Rassurez-vous, nous n'avons pas à aller trop loin pour nous restaurer.

— Nous vous suivons, lui répondit Hubert.

Au-dehors, la nuit se mêlait de gris. Un vent descendu tout droit de la *sierra* poussait les rares passants le long des murs. La tête bien enfoncée dans leurs épaules, les trois hommes suivirent la *Gran Via*, évitant les cratères laissés par les obus. Non loin de la place *Callao*, Hubert aperçut un groupe de femmes en noir que tenaient à distance deux vigiles armés. Sans se retourner vers ses compagnons, Hem' lança :

— C'est là, nous sommes arrivés.

Les trois hommes fendirent l'attroupement de femmes. Hubert et Michel ressentaient une véritable gêne. Un des aspects les plus sordides du siège de Madrid était que la ville manquait de tout. Les mains tendues de ces malheureuses le rappelaient avec cruauté aux étrangers. Les deux Français ne savaient que faire, ils n'avaient rien sur eux. La culpabilité les envahit et elle n'était productrice de rien.

La porte s'ouvrit sur une lumière rose et tremblante. Hem' fut le premier à s'engager à l'intérieur. Sans attendre ses compagnons, il s'engagea dans l'escalier qui descendait vers ce qui semblait être un sous-sol. La porte claqua, à peine les talons de Michel passés. Une forte odeur faite d'humidité, de fumée de cigare, de parfum bon marché les prit d'un coup, sans semonce.

Au bas de l'escalier, la lumière se fit plus forte ; l'odeur aussi. La salle se trouvait barrée par une longue table et l'espace de cette cave était cerné d'alcôves. On pouvait s'y retirer pour comploter ou pour entretenir une des prostituées présentes. Il suffisait alors de tirer le rideau et on se trouvait alors isolé du reste de la clientèle. La plupart des tables étaient occupées par des étrangers, des correspondants de guerre qui couvraient les événements. C'étaient les mêmes que l'on retrouvait pendant la journée à l'hôtel Florida. Hemingway semblait être dans ce lieu très à l'aise, adressant des signes de main et des *Buenas tardes*[13] virils aux hommes attablés dans les alcôves. Un véritable député en campagne. Ce n'était plus le jeune homme un peu timide qu'Hubert avait connu à Paris quelques années plutôt. Il avait l'assurance d'un centaure. Hubert ne fut pas surpris de le voir s'installer à la grande table, bien à la vue de tous. Il se débarrassa de sa gabardine et laissa apparaître une sorte de veste militaire de couleur kaki. Ses bottes de cuir noir étaient impeccablement cirées, ce qui fit penser au Français que la tenue vestimentaire de Hem' ne laissait rien au hasard. *Déguisement* fut le mot qui occupa un instant l'esprit d'Hubert. Il le garda pour lui.

---

[13] Bonsoir

— Asseyez-vous, lança-t-il en véritable maître des lieux. La nourriture ici n'est pas toujours fameuse, mais elle a le mérite d'exister. Côté alcool, ça peut aller, il n'en manque jamais.

Les deux Français prirent place face à Hem' sur les bancs qui encadraient la table. Il pencha son corps vers eux.

— Avant toute chose, je voudrais m'excuser pour tout à l'heure.

— Nous sommes toujours en vie, répondit Michel, l'essentiel est sauf.

— Je ne parlais pas de ça… Je me suis un peu répandu et je n'aime pas ça…

— Oubliez ça, Hem' ! D'ailleurs, le cognac était tellement fort que je ne me souviens même plus de quoi nous avons parlé.

Ernest ne crut pas réellement le mensonge d'Hubert, mais il s'en contenta. Son sourire éclaira de nouveau son visage. D'un geste large de la main, il appela le serveur et lui commanda un pichet de vin. Le Français l'observait du coin de l'œil. Il s'amusait du comportement de cet homme en représentation. À tout moment, il s'attendait à voir débouler du fond de la salle un metteur en scène qui demanderait à son interprète de ne pas trop en faire, de jouer plus sobre.

— Et si vous me parliez un peu de votre projet de film, Hem'.

L'Américain se redressa sur sa chaise et bomba la poitrine. L'affaire semblait être très importante.

— Le documentaire que nous réalisons doit dévoiler au monde la tragédie qui se déroule en ce moment dans ce pays. Le péril fasciste.

— Vous montrez la guerre, quoi !

— Pas seulement. Nous suivons aussi une communauté de paysans qui font un magnifique travail collectif d'irrigation. Par leur travail, ils mettent en valeur les terres fertiles laissées à l'abandon par les grands propriétaires. C'est cet esprit que la révolution veut défendre.

— Je vois.

— La quasi-totalité de ce pays appartenait à une toute petite minorité. Le reste de la population travaillait la terre sans même en récolter les fruits. Nous voulons montrer par ce film que ce temps est révolu et qu'il faut à tout prix s'opposer aux nationalistes qui veulent rétablir ce système infâme.

— Avez-vous filmé les combats de Guadalajara ou d'Aragon, car au fond, c'est là que ça se passe vraiment ?

— Nous sommes, en effet, allés à Guadalajara et nous avons fait des prises de vues, mais nous avons décidé de ne pas les intégrer dans le documentaire.

— Pour quelle raison ?

— Trop déprimantes. Nous voulons montrer l'espoir, pas la mort.

— Ces jeunes gens meurent justement pour cet espoir. Avez-vous peur que la réalité de la guerre civile effraie les démocrates ?

— Si vous voulez réveiller les consciences des démocraties, il faut dénoncer sans concession les horreurs de cette guerre, intervint Michel.

Le visage d'Hemingway se refermait sous les remarques des Français. Lui-même avait été partisan de montrer les combats et le courage de tous ces hommes qui luttaient l'arme à la main. Ceux-là entraient tout à fait dans le moule de ses héros, de son idéal.

— Qui réalise ce film ?

Hem' se sentait pris entre deux feux. Il lâcha de sa bouche serrée :

— Joris Ivens.

Hubert eut un sourire qui énerva un peu plus l'Américain.

— Joris Ivens est un type formidable qui a travaillé avec les plus grands, comme Eisenstein. Il connaît parfaitement son métier.

— On le dit aussi membre influent du *Komintern*.

— Et alors ? C'est un antifasciste convaincu.

— Et très apprécié de Staline. Je crains que votre film ne soit qu'œuvre de propagande pour les Soviétiques et leur régime.

Le ton montait entre les deux hommes.

— Nous défendons la République et ses valeurs !

— Vous voulez que je vous dise, la République est complètement noyautée par les agents de Staline, et le vide qu'ils font autour d'eux fait presque autant de morts que les fusils fascistes. Ouvrez les yeux, Hem' : combien de pauvres types ont disparu seulement pour avoir eu des idées différentes des staliniens ? J'ai vu des jeunes gens être emportés par les agents du NKVD et ne jamais réapparaître ensuite. Certains étaient simplement démocrates, d'autres vaguement catholiques. Si j'en crois votre film, il ne doit surtout pas faire peur aux démocraties.

— C'est vous qui vous trompez ! Vous n'êtes qu'un de ces sociaux-fascistes, un de ces libéraux !

— Vous voyez, vous utilisez déjà leurs termes. Tout ce qui n'est pas stalinien est fasciste. Avouez que le raccourci est un peu rapide !

— Vous êtes comme Dos Passos. Depuis qu'il est arrivé en Espagne, il ne se lamente que sur la disparition de son ami Pepe Robles.

— Tout le monde sait qu'il a été assassiné par le NKVD.

— C'était un fasciste !

— Je ne crois pas, non. Simplement, un homme de gauche convaincu.

Hemingway ne disait plus rien. Ses idées se brouillaient. Ses mots se faisaient plus approximatifs.

— Dans une révolution, dans une guerre civile, il y a toujours des morts innocentes. Les traîtres sont partout. Je ne dis pas que, dans le lot, il n'y a pas eu des erreurs, mais c'est comme ça. Je connaissais autrefois Pepe Robles, c'était un type de conviction, un intellectuel. Ici, tout est différent, il y a peu de place pour le doute et la contradiction.

— Prenez du recul, Hem' et nuancez vos idées.

— Pourquoi vous êtes-vous engagé dans ce parti ? Rejoignez les nationalistes, là est votre place !

— Je déteste autant que vous les fascistes, mais croyez-moi, Staline ne vaut pas mieux qu'Hitler et Mussolini. Ils ne sont que terreur et mépris de la vie humaine. Je suis un homme libre, Hem', et ne veux appartenir à aucun appareil.

— Ici, il faut choisir son camp !

— Je l'ai choisi, et tout ici n'est pas aussi clair que vous le croyez. La plupart des types avec qui je me suis battu n'avaient pas des idées aussi arrêtées que les vôtres. Ils se battaient pour défendre leurs droits et leur terre, point ! Eux détiennent sûrement la vérité. Ils ne se posent pas toutes ces questions. Un problème se dresse devant eux, ils le résolvent à coups de feu et non de sémantique ou de calculs comme votre copain Staline. Ce type ne cherche qu'à protéger ses frontières occidentales de l'ambition d'Hitler. Il est son complice. Parlez-en aux combattants polonais, eux ne sont pas dupes. Ils savent qu'ils seront les prochaines victimes de ce petit règlement entre dictateurs. L'Espagne est le terrain idéal pour ses idées et il se fout pas mal des Espagnols.

— C'est vous qui faites de la propagande à présent. Retournez en France et continuez votre vie d'oisif. Vous ne comprenez rien à ce pays et à cette guerre.

— Et vous, vous n'êtes qu'un idéaliste romantique, aveuglé par des paroles tronquées. Vous êtes tombé dans leur piège, pire, vous les servez ! Bon sang, Hem', réveillez-vous !

D'Arzacq et Hemingway se faisaient face. Ils étaient prisonniers de leur discussion, de leur affrontement. Ils ne remarquèrent pas qu'un plat de haricots et de porc venait d'être déposé sur la table par le serveur. Michel n'eut pas de scrupule à se servir. Son geste pourtant se figea. Son regard se dirigea vers la porte d'entrée, plus précisément sur un type d'allure fragile, insignifiante, portant un uniforme gris clair. Ses yeux derrière ses petites lunettes balayaient l'ensemble de la salle. Michel fit un signe de tête aux deux hommes qui allaient sûrement en venir aux mains. Il rajouta à voix basse : *Le Bourreau de Madrid*. Hem' eut un sourire de satisfaction, qu'il exprima :

— Voilà un véritable héros !

L'affirmation de l'Américain saisit le Français.

— Vous débloquez, Hem', c'est Quintanilla ! Ce type-là a plus de sang de civils sur les mains qu'un bataillon entier de nationalistes.

— Il n'a fait que son boulot ! Lui et ses hommes ont abattu la Cinquième colonne !

— C'est un tortionnaire, un assassin.

— Il a sauvé Madrid et la République !

Hemingway se leva, tout sourire dehors, et adressa un large signe de la main au nouveau venu.

— Quintanilla, venez vous asseoir à notre table !

Les deux Français n'en revenaient pas. Michel eut du mal à avaler sa dernière bouchée. Le *Bourreau* répondit à l'appel d'Hemingway par un sourire et s'avança, ravi, vers la table. Il serra la main de l'Américain et salua Hubert et Michel.

— Commandant d'Arzacq, lieutenant Bodin, quelle joie de vous rencontrer enfin. On m'a beaucoup parlé de vous… En bien, bien entendu.

Il ponctua sa phrase par un petit rire nerveux. L'apparente amabilité du *Bourreau* glaça le sang des deux Français. Être connu de ce gars-là signifiait être déjà dans sa ligne de tir.

— Pablo, que signifie cette merde ! M. Hemingway et ses amis valent mieux que ces *frijoles*[14] et ce porc avarié !

Le serveur ainsi interpellé se mit à trembler et son visage perdit toute couleur. Il débarrassa en hâte le plat de la table.

— Bien, lança Hubert en se levant, nous allons y aller.

— J'espère que ce n'est pas ma présence qui vous fait partir, *señor* d'Arzacq !

— Pour être franc, commissaire, il y a un peu de ça.

Quintanilla, soufflé par la réponse du Français, demeura muet quelques secondes. Les deux autres n'en revenaient pas et retenaient leur souffle. Enfin, le *Bourreau* émit un rire féroce, ouvrant sa bouche sur des dents mal plantées, et répondit :

— Vous êtes bien comme on m'avait dit. La langue bien pendue ! Méfiez-vous qu'en la sortant trop souvent, elle ne soit arrachée !

---

[14] Haricots

— J'y réfléchirai. Bonne soirée.

Michel se leva et suivit Hubert vers la sortie. Quintanilla restait là, le corps tendu par l'affront. Hem' à ses côtés n'en revenait pas et observait du coin de l'œil le poing famélique du *Boucher de Madrid* se crisper.

Durant un instant, le silence s'était abattu sur la salle. Nul ne bougeait, ne parlait, mais la tempête attendue ne vint pas. Quintanilla vida ses poumons, se retourna souriant vers Hem' et l'invita à s'asseoir. Le temps reprit sa place et l'espace s'emplit à nouveau de vie.

À la sortie du *Callao*, le froid saisit les deux hommes. Hubert marchait droit devant lui, les mains dans les poches, la tête légèrement inclinée vers le pavé défoncé de la rue. Aucun mot ne sortait de sa mâchoire crispée. Il perçait sans détour l'obscurité et le quartier déserté par la vie. À quelques pas derrière lui, Michel ne quittait pas des yeux les lumières du cabaret. Sa main raidie sur la crosse de son revolver, il attendait l'assaut des hommes de Quintanilla. *On n'insulte pas un homme comme* le Bourreau de Madrid *sans craindre une réaction immédiate de sa part*, pensait-il. L'indifférence de son compagnon le rendait fou.

— Pourquoi avez-vous fait ça ? lui lança-t-il, hors de lui.

— Je n'aime pas ce type ! se contenta de répondre Hubert, sans même se retourner.

— Mais, moi non plus je ne l'aime pas, mais apprenez un jour à la fermer, bon sang !

Hubert continua sa marche et n'ajouta plus un seul mot jusqu'à l'hôtel.

Contre quelques billets, les deux hommes arrivèrent à négocier avec le concierge du Florida le talon d'un jambon, du pain et une bouteille de vin rouge.

Dans la chambre, Hubert s'allongea sur le lit, les yeux vissés sur le plafond jaunâtre. Il ne disait toujours rien. Ses pensées étaient loin de l'Espagne et de cette soirée. Il revoyait sa vie et chaque morceau de cette vie lui déplaisait. Elle n'était que fuites et abandons. Elle ne produisait qu'un immense vide, un rien qui emportait tout. Rater sa vie ne l'amusait plus. Aurélia en était le chef-d'œuvre, le point culminant. Lui seul émergeait de cette brume médiocre. Le constat était brutal, sans concession, débarrassé de la mélancolie qui aurait pu le rendre acceptable.

Et le présent ne valait pas mieux. Dehors, la nuit prenait Madrid, s'efforçant d'effacer l'humanité de ses rues, de ses places. Seul au loin, le bruit d'un camion déchirait ce silence fait d'angoisse et d'abandon.

— Qu'allons-nous faire à présent ? demanda Michel.

Hubert le regarda et lui sourit.

— Manger de ce jambon et boire de ce vin, j'ai horreur de dormir le ventre vide.

— Parce que vous comptez dormir ?

— Le sommeil est un bon entraînement pour la mort. Ne fais pas cette tête, je ne compte pas mourir ! Enfin, pas cette nuit.

— Comme monsieur le désire. J'ai chargé votre revolver… On ne sait jamais… Si la mort vient frapper à la porte, au moins nous aurons de quoi la recevoir.

Hubert sourit de nouveau et se redressa sur le lit.

— Ne te tracasse pas, elle ne viendra pas. Elle a déjà un programme chargé pour cette nuit. Demain, peut-être.

— Puisque vous semblez bien la connaître, glissez-lui que je ne suis pas pressé. Un rendez-vous dans vingt ou trente ans me conviendrait tout à fait.

— Très bien, je lui dirai. Sers-moi à boire.

CHAPITRE XVII

Les deux hommes avaient fini par trouver le sommeil aux alentours de quatre heures du matin. La main de Michel serrait toujours la crosse de son revolver. Il s'était installé dans le fauteuil, contre le mur, à côté de la porte. Il désirait ainsi pouvoir prendre à revers d'éventuels assaillants. Deux bouteilles vides de vin rouge encombraient la table. Le soleil dégoulinait sur le visage d'Hubert. Allongé sur le lit, le dormeur grimaça et se retourna sur le côté. La réalité ne cadrait pas avec ses songes.

Une autre réalité finit par le réveiller.

La porte grondait sous les coups d'un visiteur. Tout le corps de Michel se raidit et son pouce releva le chien de son arme. Les coups reprirent, plus fort. Hubert fit signe à son ami d'ouvrir. Il ne semblait pas perturbé, simplement dérangé dans son sommeil. Une voix mit fin à l'angoisse de Michel.

— Ouvrez, c'est moi, Hem' !

Sa main hésita sur la clef et finit par obéir au regard agacé d'Hubert. Hem' déboula jusqu'au centre de la pièce. Michel referma aussitôt la porte derrière lui.

— Vous dormez encore ! s’exclama-t-il.

— Bonjour aussi, Hem’. Que voulez-vous que je fasse, il est encore tôt ? Désolé, nous n’avons plus rien à boire ou à manger.

— Lieutenant, ouvrez la porte, Sid est derrière avec un plateau.

— Avec du café ? s’enthousiasma Michel, les yeux entièrement ouverts.

— Et des œufs.

— C’est toujours mieux que des fusils, j’ouvre.

Sidney Franklin entra à son tour et déposa le plateau sur la table.

— Vous venez nous offrir notre dernier déjeuner, Hem’ ? demanda Hubert à peine levé.

— Ce n’est pas le moment de plaisanter. Quintanilla est fou furieux après votre sortie d’hier soir.

— Ça lui passera. Tout finit par passer dans cette vie.

— Vous l’avez humilié, et devant des témoins !

— Pauvre petite bête. Et c’est pour me dire ça que vous êtes venu, Hem’ ?

— Il va vous le faire payer, soyez-en sûr !

— C’est votre ami, n’est-ce pas, votre héros ?

— Il ne me sert que de modèle pour ma future pièce. La liberté est en danger ici, et de ce fait dans le monde entier.

Je n'approuve pas totalement la méthode de Quintanilla, mais il a le mérite de se lever contre la tyrannie, c'est tout !

— N'en parlons plus. Fameux, le café.

— Pas aussi bon que celui que vous m'avez servi à Paris, vous vous souvenez ?

— Non, mais nous ne sommes plus à Paris. Il faut savoir s'adapter.

— Le *Bourreau* vous considère comme ennemis de la République et, contre ça, même le soutien de Malraux ne pourra rien faire. D'ailleurs, il ne se trouve même plus en Espagne en ce moment.

— Je sais, il récolte des fonds en Europe et aux États-Unis pour la République.

— Il vous faut quitter Madrid. Hier soir, Quintanilla a parlé de vous envoyer dans un *no man's land.* On y meurt à coup sûr et souvent d'une balle dans le dos.

— Il ne me réserve pas une petite visite dans une de ses *datchas* ?

— C'est quoi une *datcha*, patron ?

— Une belle maison madrilène dont la cave est aménagée en salle de torture. On y disparaît sans laisser de trace. De toute manière, après être passé entre les mains du *Bourreau* et de ses hommes ou de ses copains du NKVD, plus personne ne peut plus vous reconnaître.

Michel grimaça. Puis il rajouta :

— On devrait peut-être alors quitter la ville, non ?

— Oui. Le climat de Madrid n'est pas trop bon, trop froid, et on dit que les étés y sont étouffants. Nous allons remonter un peu vers le nord.

— Paris, patron ?

— Non, je pensais plutôt à Barcelone.

— J'admire votre sang-froid et votre désinvolture, Hubert.

— C'est tout ce qui me reste.

— Bien, ne tardez pas, alors.

Hemingway se leva et commença à sortir. La main posée sur la poignée de la porte, il se retourna.

— Hier soir, j'ai compris. J'ai admiré le cran avec lequel vous avez répondu à Quintanilla. Je sais maintenant pourquoi vous êtes ici. Vous êtes un héros, Hubert ! Désespéré, mais un héros. Vous ne vous embarrassez pas de nuances et j'aime ça. Je sais à présent qui vous êtes vraiment et ce que vous ressentez. Je me souviendrai de vous.

— C'est déjà ça.

Hemingway ne rajouta rien et disparut dans le couloir.

— Je fais les valises.

— Finissons d'abord ce petit-déjeuner

— Qu'a-t-il voulu dire, Hemingway, en déclarant qu'il savait qui vous étiez vraiment ?

— Je ne sais pas, mange !

Hubert sourit en pensant à la phrase de l'Américain. Hem' avait bien deviné : plus rien ne le rattachait véritablement à cette existence. Avancer devant soi sans jamais se retourner rend la route plus belle. Le seul bagage dont on peut s'encombrer est cette sorte de désespoir fardé de panache un peu ridicule. Ce n'est pas du courage, juste de l'abandon. À bien y réfléchir, abandonner une chose à laquelle on ne tient pas est seulement une question d'aisance.

— Vous ne mangez pas, patron ?

Hubert revint dans cette chambre d'hôtel et plongea sa fourchette dans le morceau de bacon. Il le porta à sa bouche. Il semblait tout à fait satisfait.

— Je ne sais pas ce que vaut Sidney en tant que *matador*, mais question cuisine, il se défend.

CHAPITRE XVIII

L'Hispano n'avait eu aucune peine à quitter Madrid. Les grades de ses occupants, mais aussi les laissez-passer, se révélèrent des sésames tout à fait convaincants. Ils devaient à présent mettre de l'espace entre eux et les hommes de Quintanilla. Pour joindre Barcelone, il leur fallait demeurer prudents. Au nord se trouvaient les troupes nationalistes, et le passage qui menait jusqu'à la Catalogne pullulait d'hommes du NKVD. Le programme ne s'annonçait pas touristique. Un ciel bas et gris enferrait le pays. Michel, au volant, portait son regard devant lui, aussi loin qu'il le pouvait. Le moindre contrôle, la moindre apparition d'une automitrailleuse affolait son cœur. Son revolver chargé restait toujours à portée de main. Hubert se contentait de regarder le paysage sans s'attacher à aucun relief. Il se laissait porter, passif, vers son destin, quel qu'il fût. Il n'en était pas le maître ; il s'abandonnait totalement à lui. Il ne fuyait pas, il avançait simplement avec la certitude de ne rien laisser derrière lui.

— Patron, pourquoi aller à Barcelone ?

— C'est la seule ville qui ne soit pas tenue par les fascistes ou les staliniens.

— C’est en effet une bonne raison. Mais qui tient la ville alors ?

— Apparemment des marxistes trotskistes et des anarchistes.

— Des anarchistes, des trotskistes ? Ça me va. Ils sont farouchement opposés à Staline. Mais vous, patron, ne me dites pas que vous croyez à la révolution ?

— Je crois à peine en l’humanité, alors les idées qui peuvent en sortir…

— D’accord, rien n’est parfait, mais il faut pourtant à un moment s’engager. Vous me faites penser à un franc-tireur en embuscade, tirant sur tout ce qui lui déplaît. Un coup à droite, un coup à gauche.

— Je te le dis, je ne fais partie d’aucun courant. Il n’y a rien de bon dans tout cela. En 1914, on est parti à la guerre pour je ne sais quelle idée. Après quatre années et plusieurs millions de morts, on s’est retrouvé au même endroit, beaucoup moins nombreux, je te l’accorde, mais dans le fond, rien n’avait réellement changé. Une nouvelle guerre avec l’Allemagne se prépare, et l’Europe n’attend plus que le signal de départ pour s’embraser à nouveau. Il n’y a rien à attendre de cette humanité qui n’a pas de mémoire et qui n’apprend rien.

— Arrêtez, vous allez finir par me filer le bourdon ! Mais alors, que faisons-nous ici ?

— Je n’aime pas trop qu’on me fasse sauter les rotules à coups de marteau.

— Entendu pour le *Bourreau*, mais pour le reste ?

— On verra bien… C'est si important pour toi de savoir où tu vas ?

— Ben oui !

— Ça te rend esclave.

— Je ne suis l'esclave de personne !

— Non, mais de tes idées toutes faites.

— Ça y est, vous avez réussi à me refiler le cafard. Vous parlez d'un compagnon de voyage !

— Ce n'est pas le moment de pleurnicher, regarde devant toi.

Au bout de la ligne droite qui se déroulait devant eux, un camion et une dizaine de soldats barraient la route. Michel blêmit à la vue de ce barrage.

— Qu'est-ce que je fais, patron, je fonce ?

— Non, laisse-moi faire et ralentis.

En s'arrêtant, la voiture enveloppa de poussière la petite troupe qui occupait la largeur de la route.

— Ce sont des républicains, c'est déjà ça, soupira Michel.

Hubert ajusta son calot. Aucun de ses gestes ne dénonçait de la nervosité ou de la crainte. Un soldat s'avança vers eux et ordonna qu'on abaisse la vitre. C'était un homme trapu, de petite taille. Une barbe de trois jours rongeait son visage noirci par le soleil. À la vue des galons cousus sur le couvre-chef d'Hubert, il se mit au garde-à-vous et salua avec respect. Hubert lui répondit, sa main droite sur la tempe. Avec courtoisie, le militaire lui demanda ses papiers.

— Où vous rendez-vous, *señor comandante* ?

— Sur le front d'Aragon. Il y a encore de quoi faire là-bas.

— Pour sûr, mais vos papiers déclarent que vous faites partie de la XIe Brigade et cette unité ne se trouve pas en Aragon.

— Non, c'est vrai, mais Valence m'a dépêché là-bas pour y diriger l'artillerie.

— Vous êtes artilleur ?

— C'est mieux pour diriger l'artillerie, vous ne croyez pas ?

— Bien sûr, bien sûr. C'est bon, vous pouvez passer.

Le soldat fit signe à ses compagnons de dégager le camion. L'Hispano commença à redémarrer. Le soldat, d'un geste autoritaire de la main, frappa sur le capot de la voiture. La main de Michel glissa vers le revolver posé sur ses genoux.

— *¡Señor comandante!*

— Qu'y a-t-il encore, soldat ?

— En Aragon, envoyez un de vos obus à ce fumier de Mola de ma part. Je suis de Jaca et ce salaud a fait massacrer grand nombre de ma famille et de mes amis.

— J'y tâcherai, soldat, comptez sur moi.

— Merci *señor* et bonne route. *¡No pasarán!*

— *¡No pasarán!*

L'Hispano doubla le barrage sans encombre, saluée par les militaires. Michel ne quittait pas des yeux le rétroviseur afin de s'assurer que rien ne bougeait.

Rien ne bougea. Il vida alors ses poumons dans un long souffle.

— Alors là, patron, vous m'avez bluffé !

— Moi aussi, Michel, moi aussi. Tiens, buvons un coup de gnôle, on l'a bien mérité.

Hubert tendit sa flasque d'argent à son compagnon. Sans quitter de vue la route, Michel avala une longue gorgée.

— Notre chance était que ces gars-là étaient des Espagnols et non des Russes ou des membres du parti communiste.

— De simples paysans devenus soldats.

— Et toujours pour des idées.

— Par pitié, ne recommencez pas.

— Entendu, à la tienne.

— *¡Salud*[15]*!*

En s'approchant de la côte, le ciel se nettoyait des nuages crasseux qui l'embarrassaient. Depuis le matin, ils roulaient sur ces routes faites de creux et de bosses. La fatigue commençait à endolorir les corps. Ils se trouvaient au milieu d'une plaine à l'herbe

---

[15] Santé !

rase et jaunie et, aussi loin que portaient leurs regards, rien ni personne ne bougeait. Un désert à peine végétal.

— Arrêtons-nous, veux-tu ? demanda Hubert.

— Nous ne sommes plus très loin de la côte, il serait peut-être plus prudent de poursuivre.

— Il n'y a personne ici, et j'ai une furieuse envie de me soulager.

— De vous soulager ?

— De pisser, si tu préfères.

— Ah oui, là je comprends mieux. C'est entendu, je me gare.

L'Hispano ralentit et finit par s'arrêter au milieu de la route étroite.

— Une fois la guerre terminée, les vainqueurs devront penser à revoir leur réseau routier, il est à pleurer, déclara Michel en bâillant avec autant de bruit qu'il le put.

Hubert peinait à se mettre debout tant ses jambes se trouvaient parcourues par des picotements aigus. Dehors, l'air était doux et embaumait les herbes aromatiques. Hubert ferma les yeux pour mieux en appréhender la subtilité. Son corps tout entier se soulageait à cette brise parfumée. Une sensation de bien-être le prenait. Ses lèvres entrouvertes laissèrent échapper :

— Que c'est agréable !

— Je croyais que vous n'aimiez pas la campagne.

L'intervention de Michel atteignit à peine son patron, toujours nez au vent.

— Ce n'est pas la campagne que j'apprécie, mais la liberté et la paix. Ici, à part toi, il n'y a personne pour se plaindre.

— Je ne me plains pas, mais avouez que le paysage n'est pas très gai. Je suis un citadin et ce désert m'angoisse.

— Tu préférerais voir débouler sur cette plaine une division nationaliste ?

— Parlez pas de malheur ! Vous avez raison, c'est un très bel endroit. Bon, on repart ?

— Quelle heure est-il ?

— Je ne sais pas, dix-sept heures, je crois.

— Elle doit être dans le jardin avec son fils. Sans doute prend-elle le thé… Ses cheveux sont lâchés et sa robe blanche…

— Mais de qui parlez-vous ?

Les paupières d'Hubert se levèrent, libérant ses yeux sur l'horizon sans relief.

— Tu as raison, cet endroit est sinistre. Paris me manque.

— Elle me manque aussi. Patron, regardez là-bas.

À plusieurs centaines de mètres, une silhouette noire de petite taille rompait la monotonie de la plaine.

— C'est un enfant ? demanda, nerveux, Michel. Il semble nous observer. Ne restons pas là, il est peut-être armé et, à cette distance, avec un bon fusil…

Hubert sourit. Il fit quelques pas en direction de cette silhouette immobile et se mit à frapper des mains. Par enchantement, elle disparut aussitôt.

— C'était quoi, ça ? demanda Michel, affolé par ce qu'il venait de voir.

Hubert retourna à la voiture et lâcha :

— Un lièvre, un lièvre amusé de voir un valeureux lieutenant de l'armée républicaine avoir peur de lui.

— Un lièvre ! Mais il était immense.

— Simplement debout. À présent, il est dans son terrier. Allons-y.

— Et pour votre vidange ?

— Plus envie.

CHAPITRE XIX

Sud de la Catalogne, 1937

Le soleil quittait la scène avec panache. Avant de disparaître, il tentait une dernière fois d'enflammer la mer. En vain. Le noir finit par se faire, percé d'étoiles. Les deux Français assistaient à cet ultime combat perdu d'avance du haut de la colline qui surplombait le petit port de pêche.

— C'est la première fois que je vois la mer, dit Michel, c'est magnifique. Je me demande bien ce qu'il y a au-delà.

— De l'eau, sûrement !

— Oui, mais après, sur les côtes qui se trouvent en face ?

— Des hommes qui s'ennuient et qui préparent de nouvelles guerres, de nouveaux massacres.

— Il ne sert à rien d'avancer alors ? Tout est foutu d'avance !

— Je t'en laisse seul juge.

— Eh bien, moi, je pense que là-bas, derrière cette mer, une famille est réunie autour d'une table et s'apprête à souper dans la paix. Là-bas, il y a des hommes et des femmes heureux.

— Et tu voudrais être un des leurs ?

— Et pourquoi pas ? Ce n'est pas un crime de vouloir être heureux.

— Tu n'es pas heureux, en ce moment ?

— C'est vrai, ce paysage me rend heureux, je crois que je n'ai jamais rien vu d'aussi beau de toute mon existence. Mais demain ?

— Demain est un autre jour, profite de ces instants puisqu'ils te ravissent et ne pense à rien d'autre. Tes seules pensées jettent un voile sur ton bonheur et déjà il s'étiole.

— Vous avez raison. C'est vraiment grandiose. Regardez, au large, ces lumières qui semblent danser. Qu'est-ce que c'est ?

— Un navire de guerre italien qui participe au blocus.

— Et voilà ! Vous avez assurément le chic pour tout gâcher !

— Fin de l'instant… Tu n'as pas su en profiter.

— C'est entendu, on y va !

L'Hispano commença sa descente vers le petit village de pêcheurs. Ses phares tranchaient une nuit des plus sombres. Toute vie se retirait de cette obscurité. Michel rapprocha de lui son revolver à l'approche des premières maisons.

— Vous croyez qu'il y a des hommes du NKVD ou des nationalistes dans un trou pareil ?

— Je n'en sais rien. Ici, nous sommes en Catalogne, tout est différent. Avance, nous verrons bien.

— Vous voyez, ce que je voulais dire en haut de la colline. En ce moment, je préférerais me trouver sur cette côte que nous ne voyons pas, là-bas derrière la mer.

— C'était sûrement l'Italie, et toi qui n'aimes pas les fascistes…

— C'est bon. En tout cas, les gens du coin ne semblent pas trop apprécier les touristes. Il n'y a personne dans ces rues.

La limousine s'engageait dans les rues étroites du village. Le bruit de son puissant moteur occupait tout l'espace abandonné par les habitants.

— Que crois-tu que notre automobile inspire à ces gens ?

— Ce n'est tout de même pas un char d'assaut !

— Non, mais elle représente à leurs yeux une autorité et, en ces temps de guerre, l'autorité n'apporte rien de bon, crois-moi.

— À part l'autorité que vous avez sur moi, je n'en vois pas d'autres.

— C'est ce qu'il faudra expliquer à ces habitants.

— À condition que l'on en voie.

— Tiens, arrête-toi sur cette place, il y a de la lumière dans le café.

L'Hispano vint se garer devant la terrasse déserte. Le moteur s'arrêta et le silence se posa. Les portières claquèrent, libérant les deux hommes. Ils n'étaient que silhouettes imprécises sur cette place. Une brise humide les accompagna jusqu'à la taverne.

La porte hurla sur ses gonds et le vent en profita pour balayer le sol de terre battue. En se refermant derrière eux, elle coupa le souffle et tout se figea à nouveau. Devant eux, dans une lumière tamisée, se tenait une poignée d'hommes, certains accoudés au comptoir fait de barriques, d'autres attablés. Les regards ne lâchaient pas les deux Français. Les visages façonnés par le soleil et la mer se fardaient d'une hostilité muette.

— C'est un repaire de pirates, ou quoi ? lâcha Michel à voix basse.

— Tu as peur ?

— Avant de rentrer au service de monsieur, j'étais un véritable *apache*, ces gars ne m'impressionnent pas plus que ceux de la bande de Belleville. Que fait-on ?

— J'ai faim et soif. Allons au bar et commandons. *¡Hola compañeros!*

Nul ne répondit à l'invitation au dialogue d'Hubert.

— Pas très bavards.

— Espérons que leurs couteaux le demeurent aussi.

— Depuis quand un *apache* a-t-il peur des couteaux ? Viens, suis-moi.

Les deux hommes traversèrent la salle dans un silence de deuil. Au comptoir, les buveurs s'écartèrent, libérant un peu d'espace. Hubert ouvrit sur son visage un large sourire.

— *Dos copas de vino tinto, por favor*[16].

Le serveur ne répondit rien et se contenta de poser sur la planche de bois brun deux verres opaques. Sa main droite attrapa une bouteille sans étiquette et les remplit à ras bord.

— *Gracias*. Michel, c'est par ici que ça se passe ! Cesse de dévisager ces braves Catalans.

— Leur tourner le dos ne me semble pas la meilleure des choses.

— C'est un ordre, trinquons !

— Comme vous voulez.

— Merci.

Les deux hommes choquèrent leurs verres et avalèrent d'un trait le vin épais.

— Un peu rude, mais ça fait du bien quand même. *La misma cosa, por favor*[17].

Le serveur répéta ses gestes dans le même silence.

— Vous êtes Français, n'est-ce pas ?

Cette voix venait des escaliers. Elle se mâtinait d'un accent rocailleux. Elle appartenait à un homme d'une cinquantaine d'années. Il fit quelques pas en direction du comptoir. Son sourire

---

[16] Deux verres de vin rouge, s'il vous plaît.
[17] La même chose, s'il vous plaît.

gâté par l'absence de quelques dents entrouvrait une barbe blanche bien soignée.

— En effet, répondit Hubert avec courtoisie.

— Veuillez pardonner le mutisme de ces hommes. Ils ne sont pas méchants, seulement un peu inquiets de votre présence ici et à cette heure.

— C'est tout naturel.

— Je suis Manuel Pujol, l'*alcade*[18] de ce village. Soyez les bienvenus. D'où venez-vous ?

— De Madrid.

— Vous êtes des journalistes ou des brigadistes ?

Hubert hésita à répondre. Lui-même ne savait plus très bien ce qu'il était. Se définir devenait une difficulté.

— Je pourrais rétorquer que nous avons fait partie à un moment donné des Brigades internationales, mais à présent…

— Vous avez déserté ?

— Je ne crois pas que cette définition corresponde exactement à la situation. À Madrid, les choses ne sont pas aussi claires qu'elles le devraient.

— Je sais cela. Tout le pays a sombré dans la confusion et l'horreur.

---

[18] Maire

L'*alcade* avait du mal à s'avancer un peu plus dans le développement de ses idées. Il laissa échapper :

— Dans une guerre civile, on ne sait jamais qui on a en face de soi.

— Et vous, *señor*, où vous situez-vous ?

— Nous sommes des pêcheurs, rien de plus.

— Rien de plus ?

Hubert sourit. Il savait qu'il se trouvait en pays catalan et que grand nombre de communes avaient fait le choix de l'anarchie. De ce fait, elles se mettaient dans l'inconfortable situation de déplaire aux communistes staliniens et, bien entendu, aux nationalistes.

— Ne vous inquiétez pas, *alcade*, nous ne sommes pas membres du *Komintern*.

— Ah ça, non, insista Michel, c'est même pour ça que nous nous retrouvons ici. Nous nous sommes battus à Guadalajara et avons repoussé les fascistes, et tout ce que nous avons récolté, c'est d'être pourchassés par Quintanilla et ses hommes.

— *Le Bourreau de Madrid* ? Il n'est pas bon de s'en faire un ennemi, en effet.

— Ça, on peut le dire, une vraie tête de lard, celui-là !

L'*alcade* se mit à rire, secouant sa carcasse de petits soubresauts.

— Et vous tentez de rejoindre la France ?

— Non, nous nous rendons à Barcelone, reprit Hubert.

— Barcelone, soupira l'*alcade*, une belle idée, mais je dois vous dire une chose, *amigos*, je crains que cette belle idée ne résiste pas longtemps.

— Comment ça ?

— Les communistes veulent en finir avec elle. Pour eux, les trotskistes du POUM[19] et les anarchistes de la CNT[20] ne sont que des traîtres et des alliés des fascistes.

— C'est absurde, répliqua Michel.

— Ça l'est, en effet, mais Staline veut demeurer le seul maître de la révolution.

— Une révolution faite d'épuration, souligna Hubert avec dégoût.

— Pour Staline, l'humain ne compte pas, seule sa révolution a un sens, pas le peuple qu'elle devrait servir.

— Un dictateur comme on en connaît de l'autre côté des Pyrénées. Un de nos écrivains, André Gide, l'a bien compris, il lui a fallu un voyage à Moscou pour en découvrir l'horrible vérité.

— Et c'est nous qu'ils traitent d'utopistes !

— La véritable utopie, c'est de s'abandonner entièrement à une seule idée.

---

[19] Parti ouvrier d'unification marxiste (*Partido Obrero de Unificación Marxista*), créé en 1935.

[20] Confédération nationale du travail (*Confederación Nacional del Trabajo*), organisation anarcho-syndicaliste fondée en 1910.

— Car de mauvais hommes s'en emparent.

— Et c'est toujours ainsi.

— Vous semblez bien désespéré, *señor*.

— Désabusé, seulement désabusé. Sous chaque bonne action de l'homme se cachent toujours des mauvaises pensées : une place au Paradis pour certains, de la gratitude et de la reconnaissance pour d'autres, ou bien encore du simple intérêt personnel. C'est dans la nature de l'homme, voilà tout. À quoi bon se draper dans de grandes idées et prendre la posture ?

— Un jugement sans appel. Et vous, *señor*, pourquoi vous trouvez-vous ici ?

— Pour fuir.

— Et vous y êtes arrivé ?

— À quoi ?

— À vous libérer ?

— Non. Au moins, en Espagne, je fais passer le temps, c'est toujours ça.

— Je vous plains, un homme sans idéal est un homme perdu.

— Je le suis, mais quand je vois où mènent les idéaux…

— En tout cas, moi, intervint Michel, je crois en la révolution, celle du peuple.

— C'est la seule qui compte, confirma d'un sourire l'*alcade*.

— Bien, j'ai une faim de loup, est-il possible de manger quelque chose ? demanda Hubert.

Il désirait par cette rupture mettre fin à une discussion qui déjà l'ennuyait. Dans la salle, les hommes attablés se détendaient. Les conversations reprenaient leur cours.

— Venez à ma table, vous êtes mes invités, insista le notable.

Hubert acquiesça d'un sourire.

— On vous suit.

Les trois hommes s'installèrent à une table un peu en retrait, proche d'une lampe.

Soudain, Hubert frissonna. Ses narines se dilataient et capturaient les différentes odeurs qui se mêlaient à l'air. Parmi ces relents de friture, de poisson et de fumée de pétrole des lampes, une bouleversa le Français. Son visage se figea sur un rictus de trouble. En un instant, il se trouva à Paris, dans un passé qui le saisit. La fragrance délicate du jasmin unie à celle de la rose le fit se retourner. Son esprit s'affola. Ce n'était pas possible ! Devant lui, la silhouette d'Aurélia se détachait, de dos, avec ses merveilleux cheveux noirs tombant sur ses épaules nues, délicieusement rondes. Il tenta de se lever, mais ses jambes n'avaient plus de force. La voix de l'*alcade* accompagna cet effort :

— Maria, apporte-nous un pichet de bon vin.

La silhouette se retourna vers la table et fit face à Hubert. La jeune femme s'étonna du regard fiévreux de cet étranger qui se tenait là, immobile, à quelques mètres. Son visage n'était pas celui d'Aurélia et le Français en éprouva une morsure. *La fille était jolie, mais ce n'était pas Aurélia*, pensa-t-il. Et quelle folie d'avoir pensé que la belle pouvait se trouver dans cet endroit ! Il en ressentit un immense vide.

— Qu'avez-vous ? demanda Michel.

Sans quitter du regard la serveuse, Hubert reprit sa place à la table.

— Rien, juste un rêve qui est passé. La fatigue du voyage, sûrement.

— Que devrais-je dire ? C'est moi qui ai conduit la majeure partie du temps ! Elle est plutôt gironde, la serveuse, vous ne trouvez pas ?

— Très belle, en effet.

L'*alcade* se mit à pouffer en secouant tout son corps maigre.

— Elle se nomme Maria. Tous les hommes en sont fous ici.

— Je comprends ça, souligna Hubert, sans quitter du regard la serveuse qui rapportait un pichet et un plat de poisson.

— Vous êtes très belle, mademoiselle.

— Elle ne comprend pas le français, *señor*, juste le catalan et un peu de castillan.

— Ce n'est pas important, se contenta de répondre Hubert.

L'*alcade* s'amusait de la situation. Avec un large sourire, il traduisit le compliment du Français à la jeune serveuse. Son visage s'empourpra. Elle baissa les yeux, les rouvrit aussitôt et vint les planter dans ceux d'Hubert.

— *Gracias, señor.*

À peine avait-elle déposé sa réponse et le plat, qu'elle disparut. L'*alcade* laissa échapper un rire plus expansif que les précédents.

— Je crois que vous lui plaisez.

— C'est chaque fois la même chose. Ce type ne laisse aucune chance aux autres ! s'exclama Michel avec une pointe d'amertume. Un jour, il faudra que vous me disiez votre secret.

— Mangeons et buvons. Ce soir, je n'ai pas l'âme à la bagatelle.

— Tu parles !

— *Señores*, il faut que je vous dise quelque chose de grave.

Le ton de l'*alcade* devenait d'un coup plus solennel. Son visage se refermait.

— Puisque vous vous rendez à Barcelone, je désirerais vous demander un service.

— Un service ? s'étonna Hubert.

— Il y a quelques jours, des habitants du village voisin sont venus me rendre visite. Ce sont des communistes, mais nos relations sont bonnes. Ce qu'ils m'ont appris après quelques verres m'a glacé le sang.

— De quoi s'agit-il ?

— Les communistes veulent reprendre la ville. À Valence, il a été décidé que l'aventure du POUM et de la CNT a assez duré. Des troupes vont déclencher l'insurrection à Barcelone. C'est un ordre de Staline en personne. Il veut épurer la ville de cette hérésie révolutionnaire.

— On sait ce que veut dire épuration dans ce genre de cas, ajouta Michel, de véritables massacres !

— Il faut que vous préveniez le dirigeant du POUM. Andrés Nin vous écoutera peut-être. Depuis plusieurs semaines, il court à Barcelone des rumeurs d'un soulèvement, mais il ne veut rien entendre et ne veut rien organiser pour anticiper l'affrontement.

— Je veux bien aller voir Nin, mais pourquoi pensez-vous qu'il nous écoutera plus ?

— Peut-être parce que vous êtes des étrangers, je ne sais pas.

Du désespoir teintait la voix de l'*alcade*. Il reprit :

— Il faut absolument sauver Barcelone, car là se trouve l'authentique résistance à Franco et à Mola.

— C'est entendu, nous porterons le message. En attendant, mangeons, ce plat me paraît tout à fait délicieux.

— Il l'est, et c'est Maria qui l'a préparé, ajouta-t-il avec une pointe d'ironie.

Le souper se déroula dans la bonne humeur. De temps à autre, Maria venait apporter du pain, du vin et, à chaque fois, son regard se mêlait sans un mot à celui d'Hubert. Michel et l'*alcade* s'échangeaient avec passion leurs vues sur la politique. Hubert restait en retrait, se laissant bercer par la griserie de l'alcool. La soirée passa et, à l'approche d'une heure du matin, la salle se vida. Tous les hommes saluèrent l'*alcade* et ses invités.

— De braves gens en vérité, s'émut le notable. Ici, nous avons réussi à mettre tout le fruit de notre travail en coopérative et tout se passe admirablement bien. Les vieux et les déshérités sont pris en charge par l'ensemble de la communauté.

— Vous avez réussi la société parfaite, approuva Hubert.

— Je ne sais pas. La tempête qui se prépare risque de tout emporter. Si Barcelone tombe, le songe risque de s'évanouir.

— Je vous promets d'aller voir Nin, faites-moi confiance, *señor*.

— *Gracias, amigos*. Bien, il est temps d'aller se coucher. Manuel va vous loger au-dessus, il possède deux petites chambres libres, celles de ses fils partis se battre en Aragon. Elles ne sont pas d'un grand confort, mais vous y trouverez le sommeil.

— Elles seront parfaites, *alcade*, et nous vous remercions de votre accueil.

Manuel guida les deux Français dans le couloir sombre du premier étage. Sa lampe à pétrole jetait sur les murs de chaux blanche une lumière jaune. Les craquements du plancher accompagnaient leurs pas. Les trois hommes se séparèrent et chacun rejoignit sa chambre après un *buenas tardes*[21] poli.

Hubert referma la porte derrière lui et fit d'un seul regard un inventaire rapide de la pièce : un lit étroit recouvert d'une couverture de laine brune, un miroir moucheté de gris et une commode sans style où se trouvaient posés une écuelle d'eau et un torchon. Sans détour, il posa la lampe et se rinça les mains et le visage. Son reflet dans le miroir ne lui plut pas, il dévoilait un homme vidé de vie. Il s'en contenta. Il s'essuya au torchon et s'allongea sur le lit. D'un geste approximatif, il tourna la molette de la lampe et ferma les yeux.

Dans la chambre voisine, Michel s'endormait déjà. Le sommeil le rattrapait, quand un grincement le fit sursauter. Des murmures à travers la mince cloison capturèrent son attention. Il reconnut la voix de Maria et de son patron. Elle l'avait rejoint. Les grincements du lit ne laissèrent aucune équivoque.

— Ce soir, je n'ai pas l'âme à la bagatelle, tu parles ! C'est tout juste si ce gars-là a une âme, murmura-t-il dans la solitude de son lit.

Les grincements durèrent une grande partie de la nuit.

— Il n'a peut-être pas d'âme, mais quelle santé !

À peine avait-il terminé cette constatation, que Michel se retourna et s'endormit.

---

[21] Bonne nuit

CHAPITRE XX

Le petit-déjeuner avait été copieux : une solide *tortilla* de pommes de terre et d'oignons blonds, le talon d'un jambon de cochon aux pattes noires, du pain et un pichet de vin. Les estomacs étaient remplis. Quand Hubert arriva auprès de la voiture, Michel farfouillait dans le moteur de l'Hispano.

— C'est bon, on peut y aller ?

— Je vérifie juste le niveau d'huile et le filtre à air. Il était complètement bouché. Ces routes ne valent rien pour la mécanique.

L'*alcade* profita de ce retard pour se rapprocher d'Hubert.

— Je vous remercie, *señor,* pour l'aide que vous apportez à la cause.

Hubert sourit. Le simple mot de « cause » relevait pour lui du fantasme. *Encore un grand mot !* Et ce mot ne suffisait pas à l'exalter. Il sonnait creux dans son esprit.

— Les dernières nouvelles ne sont pas bonnes. Ce matin, on m'a indiqué que les communistes passeront à l'action au début du mois de mai. Le temps presse !

Les mots de l'*alcade* se faisaient prière, désespoir. Hubert les recevait avec détachement. Son regard se fixait sur la silhouette qui venait d'apparaître dans l'obscurité de la porte du café. Maria demeurait là, sans bouger, mais de son corps s'échappait une supplique muette. Ses grands yeux noirs se plantaient dans ceux du Français. Hubert passa devant l'*alcade* et lui lança :

— Plus tard.

Et ce fut tout.

Il s'approcha de la jeune femme, demeura un instant devant elle, lui prit les mains et finit par lui dire quelques mots. Les deux autres, l'*alcade* et Michel, retenaient leur souffle et observaient la scène de trop loin pour entendre quoi que ce soit. La fille disparut de nouveau dans la pénombre du café, laissant Hubert immobile sur la terrasse. Il se retourna et fit quelques pas vers les deux hommes. Il ne s'arrêta pas en passant devant l'*alcade*. Il lança :

— On y va !

Il ne rajouta rien et vint s'installer à l'arrière de la limousine. Michel claqua le capot de l'Hispano et serra la main du notable stupéfait par ce qui venait de se passer. Hubert ne tourna même pas la tête pour saluer son hôte. Il demeurait figé, le visage fermé. La voiture gronda, emplit de fumée la terrasse et commença à s'engager dans la rue étroite, en contrebas.

La poussière finit par retomber, l'*alcade* n'avait pas bougé. Il se retourna, releva la tête en direction de la fenêtre du premier étage et jeta un regard triste. Maria accrochait ses yeux noyés de larmes sur cette place vide.

Aucun mot ne fut échangé entre Hubert et son compagnon jusqu'à la sortie du village. La mer offrait son miroir azur à un soleil triomphant et Michel s'en émut à peine. Il était trop en colère contre son patron pour en apprécier la beauté. Une fois encore, il s'était mal conduit.

— Nous rentrons à Paris, lança Hubert.

— Mais Barcelone ?

— Barcelone n'est pas notre affaire.

— Mais il faut les prévenir, c'est notre devoir, vous avez promis !

— Que m'importent Barcelone et ce conflit ! Anarchistes, trotskistes, communistes, nationalistes : tout cela, c'est de la foutaise, un prétexte pour massacrer encore un peu plus. Je ne veux plus être de ceux-là ni d'aucun parti.

— Vous n'avez été d'aucun parti, jamais vous ne vous êtes engagé dans quoi que ce soit. Seuls votre petit confort et votre personne motivent vos actions !

— Tais-toi !

— Si une chose vous dérange, vous passez à une autre, comme si de rien n'était. Fou que j'étais de croire que vous aviez changé, vous n'êtes qu'un pauvre type ! Rentrez à Paris, retrouvez votre vie misérable, moi je reste !

Hubert ne répondit pas tout de suite. Un instant passa.

— Tu as raison sur une chose… Ma vie est misérable.

— Et vous voulez que je vous plaigne ?

— Non.

— C'est encore heureux !

En disant cela, Michel arrêta l'Hispano sur le bord de la route.

— Que fais-tu ? demanda Hubert.

— Je vous laisse là. Prenez la voiture et disparaissez. Je ne veux plus avoir affaire avec vous.

— Ne fais pas l'idiot ! Pour rentrer à Paris, il nous faut passer par Barcelone : j'irais voir Nin et lui porter le message.

— Et après ?

— Après, tu seras libre de te faire tuer pour tes idées ou pour celles des autres, ça m'est égal.

La main de Michel se tenait crispée sur la poignée de la portière.

— Bon, dépêche-toi si tu veux qu'on arrive à temps !

Michel hésitait. Son esprit se perdait aux mots d'Hubert. Il ne savait plus rien. Sa main finit par rejoindre le volant. La voiture redémarra.

— Ne croyez pas que je sois dupe. Allons à Barcelone : là, nos routes se sépareront.

— C'est ça !

Une longue partie du trajet se fit dans le silence. Chacun restait dans ses pensées. Hubert s'accompagnait du visage d'Aurélia alors que l'esprit de Michel se teintait du rouge de la colère et de la révolution.

CHAPITRE XXI

La guerre semblait avoir épargné Barcelone. Certes, dans ses rues, on croisait plus qu'à l'accoutumée des hommes en armes, mais ici pas de barricade ni aucune trace de destruction comme on pouvait en voir à Madrid. La guerre rôdait plus à l'ouest, en Aragon. Elle finirait bien par s'inviter dans la capitale catalane avec ses présents morbides. Hubert y pensait en voyant les colonnes de travailleurs se rendant à leur travail. Sans doute vivaient-ils là leurs derniers moments de liberté et de paix.

L'Hispano vint se garer aux pieds de l'escalier de l'hôtel de ville. Hubert désirait au plus vite se débarrasser de la mission dont l'avait chargé l'*alcade*. Ensuite ? Il ne savait pas trop. La lassitude emportait tout en lui. Il se sentait vide.

— Bien, allons-y, lança-t-il d'une voix sans intonation.

— Vous désirez que je vous accompagne ?

— C'est toi le révolutionnaire, non ? Allez, arrive.

Dans le grand hall, une foule d'hommes en chemise, le col ouvert, s'agitaient. Ils allaient et venaient sans que les visiteurs comprennent le sens ou la raison de leurs déplacements. Certains d'entre eux portaient à la ceinture un revolver. Hubert en accosta un. Il lui demanda s'il pouvait rencontrer Andrés Nin. Il ajouta qu'il venait de Madrid et qu'il avait un important message à lui transmettre. L'homme le toisa du regard, opina du chef et lui fit signe de s'asseoir sur un banc afin de patienter.

L'attente dura plus d'une heure. Hubert en avait assez. Le spectacle de cette ruche, un moment, l'avait distrait, mais à présent, il l'ennuyait. Michel, à ses côtés, demeurait muet.

— Bon, j'en ai assez. Si le grand homme ne veut pas nous recevoir, moi je vais à l'hôtel.

— Attendez un peu, ça ne devrait plus être très long.

— Il fait une chaleur de fou, ici, j'ai faim et j'ai soif.

— Je vais voir si je ne trouve pas quelque chose, attendez-moi.

À peine Michel avait-il terminé sa phrase, que l'homme à la chemise blanche revint vers eux.

— Suivez-moi, Nin va vous recevoir dans son bureau.

Les deux Français le suivirent, empruntant le grand escalier. À l'étage, la même effervescence occupait les couloirs. Hubert pensa pendant un instant à un état-major en temps de guerre. Il ne manquait plus que les uniformes.

La lourde porte de bois s'ouvrit sur une grande pièce. Derrière un monumental bureau, un petit homme travaillait. À peine leva-t-il le regard sur les nouveaux arrivants.

— Entrez, entrez… Excusez-moi, un dernier travail à terminer… Asseyez-vous.

Les Français se regardèrent dubitatifs et finirent par s'asseoir. Nin tournait nerveusement les pages qu'il avait devant lui. Ses sourcils se fronçaient à leur lecture. La scène dura un certain moment, pendant lequel nul mot ne fut échangé. D'un coup, il leva son visage souriant sur ses visiteurs.

— Bien, alors quel est ce message si important que vous avez à me dire, messieurs ?

Hubert prit la parole :

— Il s'agit d'un complot communiste qui viserait à reprendre la main à Barcelone. Staline en personne en serait le chef d'orchestre.

Nin sourit et nettoya ses petites lunettes.

— Vous n'êtes pas les premiers à me faire part de ces bruits d'insurrection.

— Je dois vous préciser que le commencement de cette attaque doit se produire dans les premiers jours de mai et nous sommes le 2 mai.

— Le grand Dos Passos m'a fait le même rapport. Le mois de mai est très doux en Catalogne, vous verrez.

Nin ponctua sa phrase d'un petit rire qui le secoua sur son fauteuil.

— Vous comptez ne rien faire, alors ? intervint Michel.

— Ce n'est pas la première fois que l'on me parle de complot. S'il arrive, nous saurons y faire face.

Les deux Français n'en revenaient pas de la désinvolture de Nin.

— Nous avons beaucoup d'ennemis, c'est vrai, et le pire est Staline. Il nous traite même de trotskistes alors que Trotski nous méprise, car nous avons repoussé sa demande de créer des soviets. Des soviets, ici, à Barcelone…

À nouveau, Nin se mit à se secouer d'un rire nerveux, puis il poursuivit :

— Sachez qu'il n'y a pas de pires adversaires à Staline que nous autres. Nous croyons que la guerre contre les nationalistes ne doit pas être dissociée de la révolution, mais cette révolution n'a rien à voir avec la dictature stalinienne. Dans leur aberration verbale, les communistes nous traitent d'alliés des fascistes… Vous vous rendez compte…

— Vous savez, moi, je ne suis qu'un messager, le reste ne me concerne que très peu.

Nin fut surpris par la phrase que venait de prononcer Hubert. Il resta un instant sans rien dire, puis se para du même sourire aimable.

— Vous êtes tout de même antistalinien, non ?

— Ce type est un fou sanguinaire qui n'a que faire de l'Espagne et de la vie humaine, alors, c'est vrai, je ne l'aime pas beaucoup.

— Moi, si je l'ai devant moi, je lui vide mon chargeur dans le ventre, ajouta Michel.

Nin sourit devant la spontanéité du Français.

— Bien, votre sincérité est assez plaisante à entendre. À quel hôtel êtes-vous descendus ?

— À aucun, nous sommes venus directement ici.

— Très bien, alors, allez au Continental, une chambre vous sera réservée.

Nin, d'un geste large, indiqua aux deux hommes que l'entretien était terminé. Ils se levèrent et commencèrent à quitter la pièce.

— Une dernière chose, monsieur d'Arzacq, ou peut-être devrais-je dire *comandante*, méfiez-vous des hommes du *Komintern*. Ici, à Barcelone, ils sont très nombreux et Quintanilla n'est pas homme à renoncer aussi facilement à sa proie.

Hubert se retourna, surpris, vers Nin qui souriait malicieusement.

— Vous êtes au courant de cette sale affaire ?

— Oui et c'est uniquement pour cette raison que je vous ai reçu. Je voulais voir le fou qui a tenu tête dans sa tanière au *Bourreau de Madrid*. J'avoue que je ne suis pas déçu, vous correspondez bien à l'homme que l'on m'a décrit. Soyez le bienvenu à Barcelone, *señor*, et vous aussi, *teniente*[22] Bodin.

[22] Lieutenant

Hubert et Michel saluèrent leur hôte d'un coup de tête et quittèrent la pièce.

CHAPITRE XXII

L'atmosphère de l'hôtel Continental de Barcelone était différente de celle du Florida de Madrid. Dans ce lieu, on ne croisait pas de vedettes de cinéma ou de mondains fortunés en mal de sensations. Les seuls étrangers à y résider étaient des correspondants de presse et aussi quelques idéalistes venus se battre dans les milices du POUM et de la CNT. La plupart d'entre eux revenaient des combats qui se déroulaient plus à l'ouest, dans la province d'Aragon. Ils prenaient un peu de repos dans le décor désuet du Continental.

Hubert traversait la salle du bar en laissant traîner son regard sur les tables occupées. Les hommes sirotaient leur alcool et discutaient entre eux de guerre et de révolution ; de femmes aussi. Un peu plus loin, quelques journalistes piétinaient devant la cabine téléphonique, attendant leur tour pour transmettre leur dernier article. La dictée se faisait dans des aboiements, car la ligne n'était pas fameuse et souvent coupée.

Un type seul à une table, portant moustache, attira l'attention d'Hubert. Il tirait de grandes bouffées sur sa cigarette à moitié consumée. Sa gorge tout entière était prise dans un pansement. Son visage lui était vaguement familier : un visage long, un regard absent, un front large et haut où venaient se planter des cheveux noirs et épais. Il n'arrivait pas à mettre un nom sur ce visage.

— Vous permettez ? lui demanda-t-il en désignant un des fauteuils libres.

L'homme leva les yeux de ses papiers et esquissa un sourire.

— Allez-y, je vous en prie.

Son accent anglais dénonçait ses origines, c'était déjà ça, mais toujours pas de nom. Hubert s'assit et se présenta. L'homme en fit de même :

— Eric Blair.

Ce nom ne disait rien à Hubert.

— C'est curieux, mais j'ai l'impression de vous avoir déjà vu.

L'homme sourit :

— À un moment, ma photo a un peu circulé dans la presse, avoua-t-il avec modestie, c'est peut-être dans une de ces feuilles de chou que vous m'avez vu.

— Peut-être… Et vous êtes dans quoi ?

— À part la révolution, vous voulez dire ? J'essaie d'exister en tant qu'écrivain. Mon nom de plume est George Orwell.

C'était au tour d'Hubert de sourire. C'était bien dans la presse qu'il avait vu ce visage et aussi ce nom. Il parut très satisfait de cette rencontre.

— Je ne suis pas trop surpris de vous trouver ici, vous savez.

L'Anglais fut étonné par la réflexion du Français. Il alluma une autre cigarette et la porta aussitôt à la bouche :

— Comment ça ?

— Si je me souviens bien, vous êtes ce gars qui a vécu un temps dans les bas-fonds de Paris et de Londres…

Orwell sourit et secoua la tête à la description elliptique d'Hubert. La fumée grise s'échappait de sa bouche ouverte.

— J'ai aussi partagé la misère des mineurs du nord de l'Angleterre, mais là n'est pas l'essentiel.

Hubert demanda du regard quel pouvait être l'essentiel.

— Pour avoir vraiment des convictions, il faut se frotter au réel. Connaître la misère de ces gens pour qui on veut se battre. Je ne pense pas que le socialisme puisse s'épanouir en venant d'idées d'hommes discutant dans un club autour d'une bonne bouteille.

— À ce sujet, vous prenez quelque chose ?

Orwell sourit et secoua la tête devant l'ironie à peine masquée d'Hubert.

— La même chose, merci.

— Continuez, je vous en prie.

— Les intellectuels socialistes sont obsédés par le progrès mécanique qui doit à leur sens délivrer les masses laborieuses de la servitude.

— Le progrès, c'est tout de même pas mal, non ?

— Pousser la logique du machinisme à son extrême, c'est réduire le travailleur *à un cerveau dans une bouteille*, vous n'êtes pas d'accord ?

— Je ne suis pas socialiste et tout ce que je vois, c'est que les meilleures idées pour aider le genre humain finissent toujours par une catastrophe pour lui. Il n'y a qu'à voir ce qui se passe en ce moment en Espagne.

— Vous êtes quoi au juste ? Un individualiste sans conviction ?

— Il y a un peu de ça. Je n'aime pas la misère, c'est pourquoi moi, je l'évite. La seule misère que j'ai connue, c'est celle des combats, en 1914 d'abord, puis à Guadalajara.

— En Aragon, à Alcubierre, durant les combats, j'ai connu la véritable fraternité, l'égalité sociale.

— Donc, une bonne guerre est le seul moyen de connaître le socialisme idéal ? Je pense alors que dans les années à venir, la fraternité et le socialisme ont de beaux jours devant eux !

— Bon sang, il faut bien avoir un idéal dans la vie, et rechercher le bonheur des plus miséreux n'est pas le pire, c'est une question de décence !

En disant cela, Orwell s'agitait et se débarrassa des feuilles qu'il tenait dans les mains. Il les plaqua d'un geste sec sur le fauteuil qui se trouvait à ses côtés et écrasa nerveusement le minuscule mégot dans le cendrier. Il alluma aussitôt une autre cigarette qu'il porta à sa bouche. Il reprit :

— En arrivant l'année dernière à Barcelone, j'ai trouvé le modèle idéal de société. Aucune différence ne semblait séparer les habitants de cette ville. Ce socialisme tant rêvé prenait vie devant mes yeux. Cette idée, il fallait la défendre, c'est pourquoi je me suis engagé dans les milices du POUM.

— Je ne connais pas très bien cette ville, mais je ne la trouve pas si *socialiste* que ça.

— C'est vrai, vous avez sur ce point raison. Les choses ont beaucoup changé depuis mon départ au front. La ville a retrouvé un conformisme habituel. J'en éprouve de la tristesse, de l'amertume aussi.

— Je crois qu'il est fou de vouloir changer les hommes, ils sont individualistes, voilà tout.

— Non seulement vous n'avez pas d'idéal, mais en plus, vous êtes cruellement pessimiste.

— Je parlerais plutôt de réalisme dans mon cas.

— De cynisme !

— Sans doute !

— Alors, pourquoi vous être engagé dans cette aventure ? Pas pour l'argent, je pense !

— Non ! Quelques problèmes existentiels et puis je n'aime pas les fascistes, les nazis et pas plus les staliniens.

— Sur ce point, nous sommes d'accord.

— Bien, alors à votre santé ! Vous avez été blessé ?

— Oui, à Alcubierre, un sniper m'a pris pour cible. J'ai bien cru que j'allais mourir, maintenant ça va un peu mieux.

— Je le confirme. Je ne vous connaissais pas avant, mais vos idées sont pleines de vie et d'espérance.

Orwell finit son verre, rassembla ses feuillets et se leva.

— Je dois y aller, ma femme m'attend pour le souper. Ravi d'avoir fait votre connaissance, d'Arzacq.

Hubert se leva à son tour. Les deux hommes se serrèrent la main.

— Surtout, ne changez rien, Orwell, je suis différent de vous, mais qui sait, c'est peut-être vous qui avez raison.

— *See you later*[23]…

Le Britannique sourit au Français et traversa la salle de sa silhouette mince et longue. Hubert l'observa un instant s'éloigner, puis se rassit. Il secoua la tête avec un sourire ironique et finit son verre. D'autres problèmes s'imposaient à son esprit. La révolution et le progrès social ne faisaient pas partie de ses préoccupations. Il n'en éprouvait aucune culpabilité. De toute manière, une seule cause, aussi belle soit-elle, ne pouvait apaiser les tourments de l'humanité. L'utopie emporte loin ceux qui la pratiquent, mais sert rarement ceux qu'elle doit servir.

Comme à chaque fois qu'il se retrouvait seul, ses pensées se portèrent sur Aurélia. Ses errements en Espagne l'avaient conforté.

23 À bientôt…

Ce soir, il s'en trouvait persuadé, son avenir résidait dans ce sourire tendre et dans ces baisers trop furtifs. Il savait la belle prête à se donner, mais la conquête ne se ferait pas dans un assaut en règle. Ce n'était pas une question de calcul, de stratagème ; aucune malice ne l'habitait. Il en ressentait de l'apaisement, une quiétude. Jamais il n'avait connu pareille sensation. De l'amour ? Il ne savait plus très bien. Il éprouvait un immense vide, comme si sa vie entière ne s'était consumée que pour ce jour où ils se retrouveraient enfin. La nuit passée dans les bras de la belle Maria n'avait fait que renforcer cette certitude. Le plaisir seul ne le satisfaisait plus. Il n'était qu'un leurre, une duperie qui se dévoilait à lui. Sa décision était prise. Il partirait pour Paris et ils s'enfuiraient tous les deux pour vivre ensemble leur amour. Pour la première fois, le mot amour ne le fit pas sourire et en se le répétant dans son esprit, il en ressentit un bonheur sincère.

Michel apparut à l'autre bout de la salle. Hubert lui fit un large signe de la main pour l'inviter à se joindre à lui. Michel hésita. Il avait toujours sa mauvaise tête.

— Allez, assieds-toi. Nous avons à parler.

Le visage de son ancien patron semblait détendu et la cause n'en était pas l'alcool. Il finit par s'enfoncer dans un fauteuil, en face de lui.

— J'ai pris une décision.

Michel ne paraissait pas intéressé par l'entame d'Hubert.

— Je rentre à Paris.

— Je sais cela, vous me l'avez déjà dit.

— Mais ce soir, c'est différent. Ce n'est pas un coup de tête ou une nouvelle lubie. J'aime ce pays et sans doute la cause pour laquelle nous nous sommes battus est honorable. Je la sais aussi avide de nouvelles victimes, mais ce n'est pas ça qui me la fait quitter.

— La cause ne vous a jamais intéressé, alors à quoi bon tout ce discours ?

— C'est vrai que je suis un piètre révolutionnaire, mais il faut que tu me comprennes, ici, j'ai réellement pris conscience de ce qui m'était cher, essentiel.

— Votre confort, votre paix ?

— Je comprends ton amertume, Michel, mais il s'agit d'autre chose. Pour la première fois de ma vie, j'ai un véritable but. Je veux rejoindre Aurélia, la jeune femme qui est venue le soir de notre départ pour l'Espagne.

— Je me souviens de cette femme, en effet. Elle ne figure pas encore sur votre petit carnet d'anciennes maîtresses, c'est ça ?

L'acidité des propos de Michel n'atteignait pas Hubert. Il la comprenait et ne cherchait pas l'affrontement.

— Je suis sincèrement épris d'elle et ça, sûrement depuis une bonne douzaine d'années. Aujourd'hui, j'en suis persuadé et je sais aussi qu'elle éprouve des sentiments pour moi.

Michel n'en revenait pas. Jamais il n'avait entendu son ancien patron se répandre avec autant d'impudeur. Il était touché.

— Pourquoi l'avoir quittée alors ?

— Je ne l'ai pas quittée, c'est à peine si je l'ai effleurée. Il faut que je la rejoigne et le plus rapidement possible.

— Bien, nous partons quand alors, patron ?

Hubert sourit, satisfait de la réaction de Michel. Il était plus que son valet ou, depuis un certain temps, son compagnon d'aventure. Il en prenait à cet instant réellement conscience. Michel était plus que tout cela. Il était un ami.

— Je pars tout seul. Je ne veux pas te faire abandonner ce pour quoi tu te bats avec tant de sincérité. Ta vie est dans ce combat, la mienne dans cette promesse de bonheur.

— Mais jamais vous n'arriverez à Paris tout seul. Et puis, là-bas, il y a la police qui vous recherche, il vous faut quelqu'un pour assurer vos arrières.

— Depuis le temps, elle m'aura peut-être oublié et puis je ne compte pas rester à Paris ou même en France. Je veux construire quelque chose. Tu souris, mais c'est vrai que c'est la première fois que tu entends cela de ma bouche. Même moi, j'en suis tout surpris. Crois-moi, cette fois-ci, ce n'est pas du bluff.

— Je vous crois. Et quand comptez-vous partir ?

— Je vais tenter de joindre Aurélia et attendre sa réponse.

— J'espère sincèrement qu'elle vous répondra ce que vous attendez.

— Je l'espère aussi, ami. D'ici quelques jours, nous nous séparerons, mais crois-moi, nous nous retrouverons bientôt.

— Avec plaisir, oui, avec plaisir. Vous n'êtes pas encore parti, mais déjà vous me manquez !

— Bon, tu ne vas pas me faire le coup de la séparation avec larmes et tout le tremblement. Je suis encore là et ce soir nous allons nous saouler comme deux bons amis.

Le reste de la nuit se noya dans les bouteilles d'alcool, un alcool joyeux où les deux hommes apprirent à mieux se connaître. Michel comptait s'engager dans les milices du POUM et poursuivre la lutte. Il paraissait enthousiaste à cette idée, même si le départ de son ami jetait une ombre de nostalgie sur l'avenir.

À l'aube, Hubert rejoignit sa chambre et s'installa à la table pour écrire. Il ne s'arrêta qu'une heure après et sembla satisfait de son travail. Le sommeil le cueillit et le poussa vers son lit où il s'étendit, paisible.

CHAPITRE XXIII

Hubert se leva très tôt. Deux ou trois heures de sommeil lui avaient suffi. C'est à peine s'il avait la gueule de bois. Il se sentait bien et heureux de voir le soleil éclatant glisser le long des rideaux. Il désirait se rendre au plus vite à un téléphone pour appeler Aurélia et lui faire part de ses projets. Il était enthousiaste et convaincu qu'elle y répondrait favorablement.

Une agitation attira son attention. Elle venait des couloirs de l'hôtel. Il s'habilla avec hâte, curieux de savoir ce qui pouvait bien se passer. En ouvrant la porte de sa chambre, il vit des hommes courir, excités par un événement d'importance. Il attrapa le bras d'un correspondant anglais.

— Que se passe-t-il ?

— Les communistes ont attaqué le central téléphonique, ils sont appuyés par la police. C'est un coup de Staline, à coup sûr.

À peine relâché par Hubert, l'homme poursuivit sa course dans le couloir. Il ne voulait rien rater de l'événement. Un peu plus loin, il aperçut Michel qui venait vers lui, son revolver dans sa main droite.

— Patron, c'est arrivé ! Ce que nous avait annoncé le vieil *alcade* est en train de se réaliser. Les communistes, les staliniens se sont soulevés !

— Je sais, je viens de l'apprendre. Mais où cours-tu comme ça ?

— Je vais au central, c'est là-bas que ça se passe !

— Je t'accompagne.

— Mais vos projets, patron ?

— En prenant d'assaut le central téléphonique, les staliniens m'empêchent de joindre Aurélia. Il faut à tout prix que je lui téléphone. Staline est vraiment un emmerdeur de la pire espèce. C'est fou, ce taré doit détester les amoureux !

Michel ne prit pas le temps de sourire, mais n'était pas dupe.

— Tu as une arme ?

— J'ai une Thompson bien graissée qui vous attend dans la bagnole, vite, dépêchons-nous.

Dans la rue, la confusion la plus complète régnait. Des hommes en armes tiraient en direction des fenêtres où se tenaient embusqués les insurgés. Déjà, les premiers cadavres jonchaient le pavé. Les rares passants cherchaient à se réfugier dans les immeubles. Un peu plus loin, une automitrailleuse arrosait le boulevard. Il fallait l'éviter. Longeant les murs, Hubert et Michel finirent par atteindre la zone du central téléphonique, là où se déroulaient les combats les plus violents. La fumée et une forte odeur de poudre prenaient l'air tout entier. Suivant d'autres combattants du

POUM et de la CNT, ils pénétrèrent dans un immeuble qui faisait face au retranchement des communistes. Un rapide coup d'œil sur l'état des choses permit à Hubert d'évaluer la situation. Une mitrailleuse *Maxim* arrosait tout le périmètre et interdisait l'accès des assaillants. Il fallait s'en débarrasser au plus vite.

— Michel, procure-moi des grenades, il nous faut faire taire cette mitrailleuse.

— Bien patron, je vois ce qu'il faut faire.

Michel s'écarta d'Hubert et revint un instant plus tard avec un sac de toile contenant les grenades. À leurs côtés, les hommes faisaient feu de leur fusil et se retiraient aussitôt. Les projectiles adverses traversaient la pièce. Il ne fallait pas rester longtemps devant les fenêtres. Les blessés commençaient à encombrer l'espace.

— On n'arrivera à rien comme ça, enragea Hubert. Leurs armes sont bien meilleures que les nôtres. Baissez-vous, bon sang ! Changez d'endroit, c'est un véritable tir au pigeon, ici !

Devant l'autorité d'Hubert, les combattants obéirent.

Michel se sentait fier de l'implication de son ami dans ce combat. Il retrouvait le chef de guerre de Guadalajara.

— Écoute-moi, Michel, je vais contourner cette place et balancer quelques grenades sur cette mitrailleuse.

— Entendu, je vous suis.

— Pas question ! Quand je serai en place, dis aux hommes de concentrer leurs tirs sur la position adverse. Ça me laissera assez de temps pour balancer ces ananas !

— Mais patron ?

— Ne discute pas ! Fais ce que je te dis !

Hubert ne laissa pas le temps à Michel de répondre. Déjà, il dévalait les escaliers. Une fois au-dehors, il courut en direction d'un muret. Les insurgés ne l'avaient pas encore repéré. Michel observait sa progression à travers les lattes d'une persienne. Il était anxieux et craignait pour la vie de son patron. Hubert sauta par-dessus le petit mur et alla se réfugier derrière une des colonnes de l'arcade. Son cœur battait fort, mais la peur ne le prenait pas. *Sans doute un excès d'adrénaline*, pensa-t-il. Pourtant, il ne voulait pas mourir. Non, sa vie avait un sens à présent. Il s'approcha un peu plus. Le cœur de Michel faillit s'arrêter en voyant Hubert un instant à découvert. Il se trouvait maintenant suffisamment proche de la mitrailleuse, légèrement sur son côté, pour lui envoyer ses grenades. Il fit signe à son ami de commencer un tir nourri. Tous les fusils de l'étage se mirent à décharger leurs balles. Une véritable mitraille. Hubert en profita pour balancer sa première grenade. Trop court ! Elle ne fit que très peu de dégâts et n'arrêta pas les tirs des servants de la *Maxim*. Pire encore, le Français était repéré. Les balles commencèrent à encadrer la colonne derrière laquelle il s'était réfugié. La position devenait intenable. Michel ordonna de recommencer un tir de barrage, mais les victimes devenaient de plus en plus nombreuses dans les rangs du POUM et de la CNT, et le tir moins nourri.

Hubert se leva pourtant et arriva à balancer une deuxième grenade. Elle arriva sur la mitrailleuse quand une balle l'atteignit en pleine poitrine. Il s'effondra. La grenade explosa. Michel hurla d'effroi. Il rechargea sa Thompson et dévala l'escalier. Sans prendre la précaution de s'abriter, il se précipitait vers l'endroit où gisait son ami. Les balles adverses l'encadraient. Il courait, déchargeant son arme en direction de l'ennemi. Devant une telle folie, les combattants de l'immeuble arrosèrent les insurgés. Autant de courage ne devait pas être inutile.

Quand Michel prit Hubert dans ses bras, les derniers souffles s'échappaient de lui. Il ne semblait pas souffrir. Une tache de sang trempait sa chemise.

— Il fait très beau, souffla-t-il. Que c'est bête !

Sa tête roula sur l'épaule de son ami. C'était fini. Michel hurla sa peine. Les balles continuaient à siffler, mais comme elles semblaient lointaines ! Il resta un long moment prostré, serrant toujours le corps d'Hubert. La journée était en effet très belle, mais elle resta la plus sinistre de la vie de Michel.

ÉPILOGUE

La grille du cimetière hurle sur ses gonds. La chaleur de l'été enveloppe tout et l'ombre des rares cyprès ne peut rien contre elle.

Treize années ont passé et les pas du visiteur se font hésitants. En approchant de la soixantaine, Michel Bodin revient pour la première fois à Barcelone. Il s'essuie le front du bout des doigts, repoussant la sueur sur ses tempes grises. Ce n'est plus le même homme. Le costume noir qui le prend accuse la même silhouette musclée, mais son visage a fini par se creuser de rides profondes et son regard gris se noie de tristesse, de lassitude. En s'avançant dans l'allée bordée de tombes, il revoit son passé.

La fuite d'abord, après que Barcelone était tombée aux mains des communistes, le retour à Paris et là, la première surprise en se voyant désigné comme le principal héritier d'Hubert d'Arzacq. Cet homme n'était jamais là où on l'attendait. Une condition était posée par son patron : annoncer sa mort et aussi sa passion à Aurélia Monteverde. Il se revoit se rendre à Saint-Cloud et apprendre par le majordome des d'Arzacq que madame et son fils avaient quitté le pays pour les États-Unis. Un fossé trop large s'était creusé entre elle et son mari. Une vie commune ne pouvait se poursuivre. Charles, le frère de son patron, s'était alors impliqué entièrement dans la politique. Durant l'occupation allemande, ses convictions en avaient fait un collaborateur zélé des nazis. Il paya son engagement devant un peloton d'exécution en 1945.

À nouveau, Michel s'essuie le front et fait une pause.

Il se revoit écrire la nouvelle de la mort d'Hubert d'Arzacq à Aurélia, une lettre de cinq pages. Un véritable exploit pour lui. Il avait joint aussi la lettre retrouvée dans la chambre du Continental, une lettre d'amour admirable, écrite à l'encre de la passion le jour de sa mort. Il devait bien cela à son patron, son compagnon, son ami. En prononçant ce mot, une larme dévale sur sa joue. Il ne cherche pas à la chasser. Treize années que cet homme vit accompagné de l'image d'Hubert, de ces moments passés auprès de lui.

D'autres souvenirs le prennent.

Après la défaite, il n'hésita pas à rejoindre de Gaulle à Londres et retrouva Malraux. Il suivit alors Leclerc dans les sables du désert de Libye. Encore des combats… Une des conditions imposées par l'héritage était que Michel devait remettre une forte somme d'argent à son ancien ordonnance Mohamed qui vivait en Tunisie. En arrivant à Tunis, il demanda la permission au général de quitter la colonne pour se rendre à Kélibia. Leclerc lui accorda avec bonne grâce. Il appréciait ce commandant toujours prêt pour le coup de feu et véritable meneur d'hommes.

Il traversa la péninsule du cap Bon dans sa Jeep et aperçut, après quelques heures de route, la silhouette de la citadelle de Kélibia se détacher sur un ciel d'azur. Il en goûta la majesté. Il trouva

Mohamed faisant paître ses moutons à l'ombre du *Borj*. Cet homme frêle fut d'abord étonné de voir arriver dans son champ un officier. En s'avançant vers l'étranger, il s'arrêta, se mit au garde-à-vous et le salua du plus réglementaire salut. Michel lui rendit la politesse.

Le vieil homme s'effondra en pleurs à la nouvelle de la mort d'Hubert d'Arzacq. Le Français s'en émut. Ils passèrent toute la nuit sur la plage et Mohamed lui raconta dans le détail *son Lieutenant*. Une jarre entière de muscat sec de Kélibia fut bue et, en quittant à l'aube le Tunisien, Michel connaissait un peu plus Hubert d'Arzacq. Il en ressentait de la fierté. Les deux hommes se firent l'accolade fraternelle et se bisèrent quatre fois les joues. En s'éloignant dans sa Jeep, le Français adressa un dernier salut de la main à Mohamed.

Michel soupire à l'évocation de ce souvenir et son visage grimace aux assauts brûlants du soleil de midi.

Après la Libération, il était devenu, sous les encouragements de Malraux, député du nouveau parti de de Gaulle, juste cinq ans. La politique et ses manœuvres ne l'intéressaient pas vraiment.

À présent, il se contentait de vivre confortablement grâce à la rente laissée par Hubert, s'efforçant de faire exister au mieux l'œuvre littéraire de son ami. Il fréquentait Cocteau, Gide et autres anciens compagnons d'Hubert. Ils le conseillaient et l'appuyaient dans sa tâche de mémoire.

Un jour, à Paris, peu après la Libération, il avait croisé Hemingway. Ils avaient passé la nuit entière au bar du Ritz à parler du passé et à boire ; à beaucoup boire. L'Américain éprouvait un dégoût certain pour ce qui s'était passé en Espagne, la trahison de

Staline, la victoire de Franco. Il ne semblait pas aller très bien. Il avait fini par épouser Martha Gellhorn, la belle femme blonde de l'hôtel Florida. Cet homme était malheureux, miné par des démons intimes. Durant un long moment, il parla avec admiration d'Hubert. Michel s'en sentit fier, heureux. Hem' raconta aussi comment il avait *libéré* le palace parisien à la tête d'un petit groupe de soldats. Ensuite, il s'enfonça dans un monologue aigre sur sa vie, frôlant par touches le pathétisme le plus navrant. Le succès mondial de son œuvre ne lui suffisait pas.

Au bout de l'allée, un vieil homme balaie devant une tombe. Michel s'approche de lui.

— *Hola señor*, je suis à la recherche d'une tombe, celle d'un Français, Hubert d'Arzacq, la connaissez-vous ?

Le visage buriné émerge de l'ombre de son chapeau de paille. De ses yeux noirs, il estime sur toute sa hauteur Michel.

— Je la connais.

Michel s'étonne d'une réponse aussi rapide.

— Suivez-moi, elle n'est pas très loin.

Les deux hommes marchent côte à côte. C'est le vieil homme qui rompt le silence :

— Vous êtes un ancien de 1937, n'est-ce pas ?

— Oui, je me suis battu à Guadalajara et j'ai participé aux événements de mai.

— Je le savais. Rien qu'en vous voyant, je le savais… Et c'est nous qu'ils traitaient d'utopistes, de traîtres…

L'homme crache à terre.

— Voyez où nous en sommes ! Les nationalistes ont gagné et nous vivons à présent dans la crainte et la misère.

— Je sais cela, *hombre*, et c'est bien triste.

— Tenez, voici la tombe que vous cherchez.

Michel s'arrête net.

Devant lui se trouve une tombe recouverte de fleurs.

— Je crois que vous faites erreur, *compañero*.

— C'est bien celle-là.

— Mais comment, toutes ces fleurs ?

Le vieil homme a un léger sourire de satisfaction.

— Il y a trois ans, une belle femme brune, une Française, est venue ici, tout habillée de noir, accompagnée d'un jeune homme. Ils sont restés un long moment à se recueillir. La femme semblait très affectée, très émue.

— Aurélia, laissa échapper Michel.

— Je ne connais pas son nom, c'était sans doute sa femme, et le jeune homme, leur fils.

Michel ne cherche pas à rectifier les dires du vieil homme. Il se contente d'acquiescer de la tête.

— En partant, elle m'a donné une bonne somme d'argent pour entretenir la tombe et toujours la fleurir. Elle revient chaque année, au printemps, se recueillir. Ils devaient vraiment s'aimer beaucoup, ces deux-là.

— Oui, vous avez raison, du plus bel amour…

— Cet homme, ce d'Arzacq, c'était un combattant de la cause, n'est-ce pas ?

— Le plus acharné !

Ce mensonge ne dérange pas Michel. En est-il un ? Hubert d'Arzacq ne s'était-il pas battu aussi bien que tous ces types du camp républicain ? N'avait-il pas donné sa vie pour défendre la cause ? Tout cela n'avait plus d'importance à présent. La révolution était sans doute une belle idée, mais une idée *cocufiée* par ceux qui la menaient. Lui-même ne se sent plus l'âme d'un révolutionnaire. Il laisse ça aux autres, aux penseurs et à ceux qui n'ont encore rien vécu.

— C'est bien et aussi triste. Beaucoup d'étrangers sont morts en terre catalane et espagnole… Bon, je vous laisse seul.

Michel lui serre la main et lui glisse quelques billets.

— Ce n'est pas la peine, *compañero*.

— Prenez, je vous en prie.

Le vieil homme finit par accepter, puis, en levant le poing droit au ciel, crie :

— *¡Viva la Republica!*

Instinctivement, Michel se retourne de chaque côté de ses épaules. Personne en vue.

— Soyez prudent, *hombre*, ce genre de propos peut vous emmener directement en prison.

— Et alors ? À mon âge, je ne crains plus rien ! *¡Viva la Republica!*

— *¡Viva la Republica!* Et que le diable emporte Franco et Staline !

À nouveau, le vieil homme crache par terre, serre la main du Français et se retire.

Michel demeure un instant devant la tombe.

— Adieu, monsieur, j'espère que vous avez trouvé là-haut ce que vous cherchiez tant ici-bas. *¡Adios!*

Michel ne se signe pas et reprend le chemin qui mène à la grille du cimetière. Son esprit est encombré de ses souvenirs.

Ce soir, à l'hôtel, il se saoulera et se souviendra encore.

TABLE DES MATIÈRES

PREMIÈRE PARTIE 9
Chapitre Ier 11
Chapitre II 25
Chapitre III 39
Chapitre IV 55
Chapitre V 71
Chapitre VI 93
Chapitre VII 105
Chapitre VIII 119
Chapitre IX 135
Chapitre X 141
DEUXIÈME PARTIE 153
Chapitre XI 155
Chapitre XII 165
Chapitre XIII 171
Chapitre XIV 187
Chapitre XV 195
Chapitre XVI 211
Chapitre XVII 225
Chapitre XVIII 231
Chapitre XIX 239
Chapitre XX 255
Chapitre XXI 261
Chapitre XXII 267
Chapitre XXIII 277
ÉPILOGUE 283

DU MÊME AUTEUR

ÉDITIONS ASSYELLE

THRILLER HISTORIQUE

La Relique sacrée

Livre I : *Le Parchemin des Cagots*, 2010
(Prix 2012 du Roman historique de l'Académie d'Aquitaine)

Livre II : *La Chambre d'Og*, 2011

Livre III : *Le Dernier Secret du Temple*, 2013

THRILLER

Gengis Khan - Le Dernier Sanctuaire, 2015

Opération Soleil noir, 2018

TDO (Terres de l'Ouest)

POLAR

Du rififi sur la côte basque, 2019

Rappel sanglant sur l'Arbizon, 2019

Avis de recherche pour balle perdue, 2021

ÉDITIONS ETHEN

FANTASY / JEUNESSE

La Prophétie de Crishylann

Le Réveil de Merlin, 2019

Le Retour d'Arthur, 2020

PIÈCES DE THÉÂTRE

MONTÉES ET JOUÉES

L'Oiseau des tempêtes (drame)

La Cour des corbeaux (Comédie médiévale)

La Suite (Comédie)

NON MONTÉES

Faust ou le Magicien trompé,
Publié sur Youscribe :
http://www.youscribe.com/Search?quick_search=faust+ou+le+magicien+Tromp%C3%A9

À vendre (comédie)

Petites Soirées entre amis (comédie)

DU MÊME ÉDITEUR

COLLECTION LIGNES DE VIE

TÉMOIGNAGE

Céline Bourbon : *Journal d'une alcoolique abstinente*, 2020

Guy Faverdin et ses Guides : *Ils ont tant de belles choses à nous dire*, 2020

Dominic Dernis : *Foutue Pudeur, Cancer du testicule*, 2021

ESSAI

Pierrick Guillon : *2.20 en quarantaine, Vague de confinéaulogis*, 2020

DÉVELOPPEMENT PERSONNEL

Emmanuelle Mercier : *Avec des mots*, 2020

COLLECTION LIGNES D'HORIZON

FICTION

Nathalie Camminada, *Chut !*, 2021 (Roman)

COLLECTION LIGNES PARALLÈLES

FANTASTIQUE

Florence Desclaux : *Merveilleuses Chimères*, 2020 (Polar fantastique steampunk)

SCIENCE-FICTION

Raïssa Kouadio : *B-Watch*
Tome I : *L'Ombre des rêves*, 2019

COLLECTION LIGNES DE MIRE

POLICIER, POLAR, ROMAN NOIR

Jérôme Deguy : *Mémoire rouge*, 2019

THRILLER, SUSPENS, PSYCHOLOGIQUE

Céline Bourbon : *Espinadel*
Tome I : *Son château, mon cauchemar*, 2020 (nouvelle édition) (Thriller horrifique)

Céline Bourbon : *Espinadel*
Tome II : *R.A.S. : Retour Aux Sources*, 2020 (Thriller)

COLLECTION INTERLIGNES

HUMOUR

Hep : *Cantal où ?,* 2019 (Dessins humoristiques)

Maurice Mons et Hep : *Pensées en vrac…,* 2021 (Aphorismes)

JEUNESSE

Michel Jabiol : *Une veillée au castel*, 2020 (Contes illustrés)

CARNET DE VOYAGE

Dominic Dernis : *Coins et recoins du Cantal*, 2019

LIVRES DE PHOTOS

Claire L'Homme : *Portraits*, 2019

ARTS GRAPHIQUES

Sylvain Leheu : *Détours visuels*, 2020

Imprimé en Allemagne
par Book on Demand